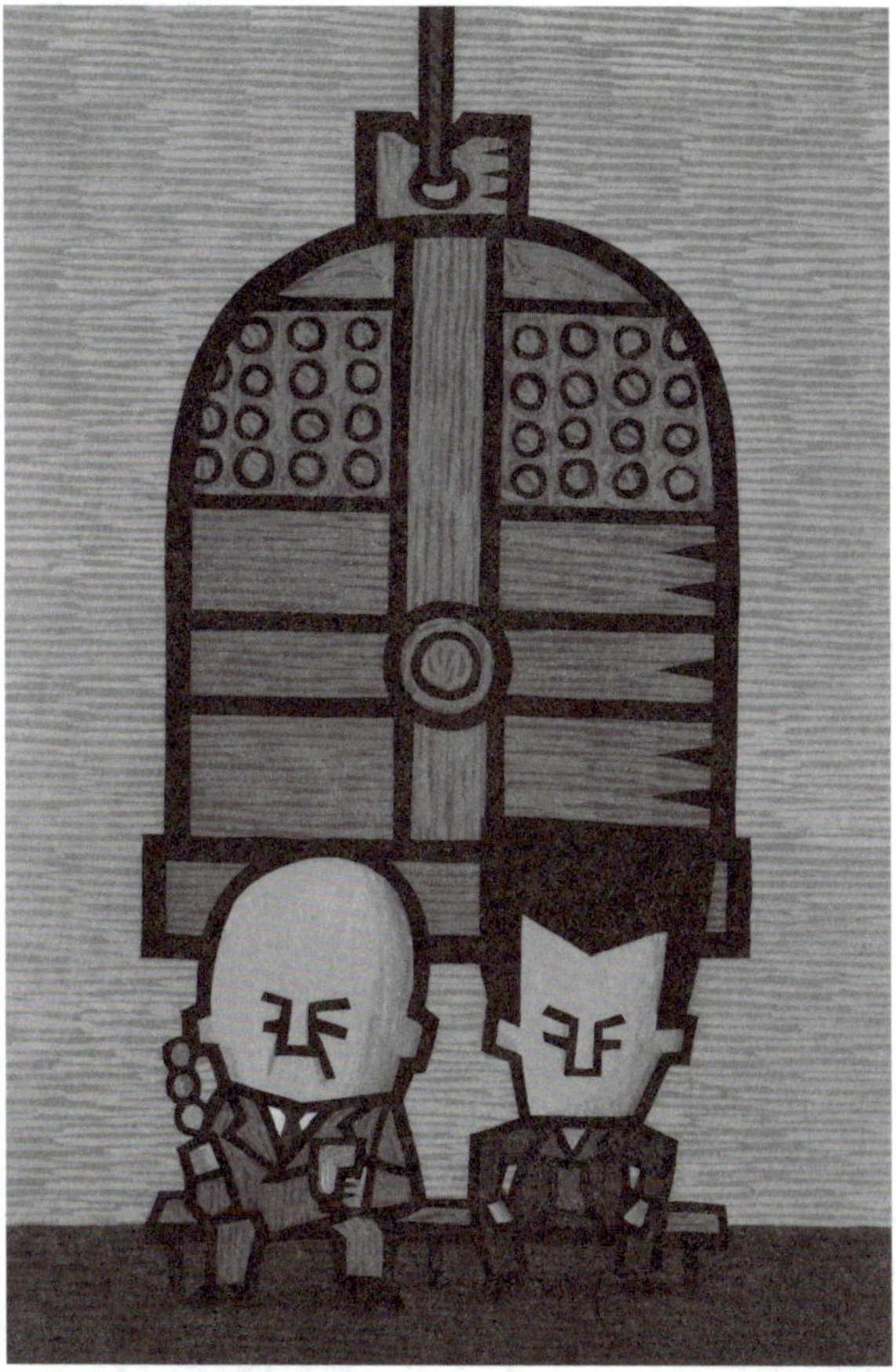

任侠梵鐘《ぼんしょう》

今野 敏

中央公論新社

主な登場人物

阿岐本雄蔵《あきもとゆうぞう》……阿岐本組組長。赤ら顔でスキンヘッド。昔気質のヤクザの組長。

日村誠司《ひむらせいじ》……阿岐本組代貸《だいがし》（組で二番目に偉い）。苦労性。

三橋健一《みつはしけんいち》……阿岐本組組員。喧嘩がめっぽう強い。稔ら若い衆を仕切る。

二之宮稔《にのみやみのる》……阿岐本組組員。元暴走族。

市村徹《いちむらとおる》……阿岐本組組員。元ハッカー。愛称は「テツ」。

志村真吉《しむらしんきち》……阿岐本組組員。一番下っ端。女をたらし込んで情報を得ることに長ける。

永神健太郎《ながかみけんたろう》……阿岐本の五厘下がりの兄弟分。

多嘉原義一《たかはらぎいち》……テキヤの元締め。

大木和善《おおきかずよし》……駒吉神社の神主。

田代栄寛《たしろえいかん》……西量寺の住職。

藤堂伸康《とうどうのぶやす》……伊勢元町の町内会長。

原磯俊郎《はらいそとしろう》……伊勢元町の不動産屋。商店街連合会の役員。

甘糟達男《あまかすたつお》……組織犯罪対策係（通称「マル暴」）の巡査部長。

仙川修造《せんかわしゅうぞう》……組織犯罪対策係の係長。

谷津《やつ》……中目黒署、組織犯罪対策係の巡査部長。

装画　山﨑杉夫
装幀　延澤 武

任俠梵鐘

1

「永神《ながかみ》のオジキです」

インターホンの画面を見た真吉《しんきち》が言った。

真吉のフルネームは志村《しむら》真吉。天才的なスケコマシだ。本人にその気がなくても、女性がなびいてくる。それはもう、特殊能力といっていい。

日村誠司《ひむらせいじ》は言った。

「お通ししろ」

真吉が解錠すると、永神健太郎《けんたろう》が事務所に入ってきた。永神は、日村たちの親である阿岐本《あきもと》雄蔵《ゆうぞう》組長と、五厘下がりの兄弟だ。真吉が言ったとおり、日村たちには「オジキ」に当たる。

スーツを着こなし、ビジネスマンのように見えるが、たたずまいが堅気《かたぎ》とは違う。

「おう、誠司。今日は何日だ？」

「十月七日ですが」

「大安だよ、大安。だから、そんな辛気くさい顔はよせ」

別に辛気くさい顔をしているつもりはない。だが、そう見えるとしたら、永神本人のせいだ。

彼が阿岐本のオヤジに会いにくるとろくなことがない。

これまで、どれだけ苦労をさせられたか……。

「アニキ、いるか？」

留守だと嘘をついて、このまま帰ってもらいたいが、そうもいかない。

「奥の部屋です」

組長室のことだ。最近は、組長だの親分だのという言葉が使いにくい。だから、「奥の部屋」という言い方をするようになった。

日村は永神を連れてその部屋の前にやってきた。ノックをすると、返事があった。

「入《へえ》んな」

ドアを開けて告げる。

「永神のオジキです」

「おお、久しぶりじゃねえか。こっち来て座れ」

「どうも。すっかりご無沙汰で……」

阿岐本はうれしそうだ。

久しぶりに兄弟分に会うのがうれしいのだろうが、それだけではなさそうだ。期待に目を輝かせているように見える。

日村は二人を残して、部屋を出た。稔《みのる》が二人分の茶を持ってやってくるところだった。稔が通れるようにドアを押さえてやった。

二之宮《にのみや》稔はかつて暴走族で、若い衆の中でも一番の跳ねっ返りだった。今ではすっかりおとなしくなり、阿岐本の運転手役をつとめている。運転の技術はピカイチなのだ。

ドアが閉まり、日村はいつも座っている一人掛けのソファに戻った。

稔が部屋から出てきたので小声で尋ねた。

「オヤジ、どんな様子だ?」

「どんなって……。相手はオジキですから、楽しそうに話をされてます」

「その話の内容が問題なんだが……」

永神はいつも、何か相談事を持ってくる。それが阿岐本の琴線に触れるのだ。そして、阿岐本は黙っていられなくなる。

いつぞやは、倒産しかかっている出版社があるので何とかならないかという話を持ってきた。阿岐本はその立て直しに乗り出した。

その次は私立高校だ。生徒数が減り、このままでは廃校になってもおかしくはないという学校をやはり立て直した。

それから、病院、銭湯、映画館、さらにはオーケストラまで、廃業、閉鎖、解散の危機を救ってきた。

すべて、永神が持ち込んできた話だ。

だから、日村ははらはらしていた。

だが意外にも、永神はすぐに奥の部屋を出てきた。日村は肩透かしを食らったような気分になった。

永神はこのまま帰るようだ。

奥の部屋の出入り口から顔を出した阿岐本が日村を呼んだ。

「おい、誠司」

「はい」

「ちょっと、来てくれ」

部屋に行くと、阿岐本は言った。

「明日、今日と同じ時間にまた、永神が訪ねてくる。大切な客を連れてくるから、粗相のないようにな」

親が大切な客だと言ったら、子はそれが誰かなど尋ねずにただ「わかりました」とだけ言えばいい。

それは百も承知だったが、日村は尋ねずにはいられなかった。永神が絡んでいるからだ。

「そのお客というのが、どなたかうかがってよろしいですか?」

「多嘉原《たかはら》の名前は、おめえも知ってるな」

「多嘉原一家ですか。はい、存じております」

多嘉原一家の多嘉原義一《ぎいち》は、神農《しんのう》系、つまりテキヤ筋の大御所だ。

「その多嘉原会長がいらっしゃる」

日村の背筋が自然と伸びた。

「わかりました」

「頼んだぜ」

奥の部屋を出ると日村は、四人の若い衆に言った。

「明日、大切な客人がいらっしゃるから、くれぐれも気を抜くな。今から、掃除しておけ」

健一《けんいち》が尋ねた。

「客人って、どなたです？」

三橋《みつはし》健一は、若い衆の中では一番の年上だ。かつて、どんな喧嘩《けんか》でも健一が駆けつければすぐに収まったものだ。それくらい、地元の不良たちに一目置かれていた。

今では若い衆を束ねる立場だ。

日村が多嘉原義一の名前を告げたが、若い衆たちはぴんと来ない様子だ。

「おまえら、有名な親分さんたちのことくらい勉強しておけ」

どこの組にも業界通がいて、主な団体の動向や幹部たちの名前を、舎弟らに教えたものだ。

一部の週刊誌を読んでも、業界のことはある程度わかる。

だが、阿岐本組にはそのような情報通もいないし、若い衆が週刊誌を読んでいるような余裕もない。

テツがパソコンの画面を見ながら言った。

「テキヤの元締めですね。本拠地は茨城ですか……」

ネットで調べたらしい。

市村徹《いちむらとおる》、通称テツはパソコンオタクだ。いっぱしのハッカーだったテツは、政府のコンピュータに侵入し、それが発覚して補導された。テツが高校生くらいのときのことだ。

その頃は、両親との折り合いも悪く、学校にはほとんど行っていなかった。そんなテツに阿岐本が居場所を与えたのだ。

今では阿岐本組になくてはならない人材だ。

「そういうことだ」

日村は言った。「気を引き締めておけ」

若い衆を代表して健一がこたえた。

「わかりました。しかし……」

「しかし、何だ？」

「その多嘉原会長は、どんな用でおいでになるのでしょう？」

「それは知らない。永神のオジキといっしょに来るということだが……」

「あ、オジキと……」

健一が何かを期待しているような顔になった。

それを見た日村は、思わず渋い表情になった。

出版社や私立高校、病院などを立て直すのは、いわばオヤジの道楽だ。そして、若い衆はその道楽を楽しみにしている節がある。

彼らは、就職したことなどない。たぶん、バイトの経験もないだろう。疎外されて生きてきた連中だ。

自業自得と言えばそれまでだが、彼らは社会からつまはじきにされてきた。だから、オヤジの道楽とはいえ、社会と関わることに憧れのようなものがあるのだ。

だからと言って、阿岐本組のような弱小の組には、道楽に付き合っている余裕はないのだ。暴対法や排除条例の施行以来、シノギもきつく、組は常にカツカツの状態なのだ。

日村は言った。

「面倒なことにならなきゃいいがと、俺は思っている」

「テキヤの手伝いとか、やるんじゃないでしょうか」

その健一の言葉を受けて、真吉が言った。

「あ、自分、テキヤやってみたかったんですよね。お祭とか好きでしたし……」

「とにかく」

日村は言った。「おまえらは、ちゃんとおもてなしすることだけを考えていろ」

四人は声をそろえて「はい」とこたえた。

こいつら、返事はいいんだけどな……。

日村は、いつものソファに腰を下ろした。

予告どおり、翌日の十時に永神がやってきた。若い衆はすでに、気をつけをしている。稔が鍵を開けると、まず背の低い七十くらいの老人が入ってきた。

それに続いた永神が言った。

「多嘉原会長だ。アニキに取り次いでくれ」

健一が奥の部屋に向かったが、声をかける前にドアが開いて阿岐本が姿を見せた。

「会長」

阿岐本が満面の笑顔で言う。「こんなむさくるしいところに、よく来てくださいました」

多嘉原会長は、ひょこっと頭を下げると言った。

「忙しいとこすまねえが、ちょっくら邪魔するよ」

「ちっとも忙しかねえですよ。さあ、こちらへどうぞ」

「はい、失礼しますよ」

若い衆の前を頭を下げながら通り過ぎる。その腰の低さに、日村はかえって緊張を高めた。

阿岐本、多嘉原会長、永神の三人が奥の部屋に入った。すぐに健一が茶の用意をする。三人がソファに腰を下ろしたそのタイミングで茶を出さなければならない。

茶を持っていった健一が、日村のところにやってきて言った。

「オヤジがお呼びです。いっしょに話を聞くようにと……」

「わかった」

日村は奥の部屋に向かった。

ノックをして阿岐本の返事を聞き、「失礼します」と言ってドアを開ける。

三人は茶を飲みながら、なごやかに談笑していた。

日村は阿岐本の席の脇に立った。これが稼業のときのスタイルだ。

阿岐本が紹介した。

「日村誠司です」

多嘉原会長が言った。

「代貸《だいがし》ですね？」

「はい」

「どうぞ、お座んなさい」

「は……。ありがとうございます」

まだ座らない。

「ああおっしゃってるんだから、座んな」

許しが出たので、日村は阿岐本の隣の席に浅く腰を下ろした。永神の正面だ。

阿岐本と多嘉原会長が向かい合って座っていた。

永神が言った。

「目黒区にある小さな神社なんだけどね……」

日村は身構えた。

今度は神社を立て直すって話なのか……。

阿岐本が言う。

「そこの縁日なんだね？」

「そう。祭といっても参道や境内《けいだい》にちょっと出店が出る程度なんだけどね。昔から多嘉原会長のところから、人を派遣していたわけだ」

テキヤが露店を出していたということだろう。

「小さな神社の縁日でも、昔は必ず露店が出てたよなあ」

阿岐本が言うと、多嘉原会長がうなずいた。

「私ら、全国津々浦々の神社の縁日を知ってましてね……。そこに、綿飴《わたあめ》だの金魚すくいだのお面だのの店を出すわけです」

「出店があるだけで、華やかな気分になったもんです。そこだけ明るくて、わくわくしましたね」

阿岐本の言葉に、多嘉原会長は笑みを浮かべる。

「祭ってのは、そういうもんです。遠くから太鼓《たいこ》やお囃子《はやし》が聞こえたら、たまらずに外に飛び出したもんです」

「神輿《みこし》がやってくるのを、今か今かと待っていましたね」

「祭ってのはいいもんです。私は根っから祭が好きでしてね」

「私もですよ」

永神が言う。

「その祭から、追い出されるってわけですよ」

どういうことだ……。日村は次の言葉を待った。

多嘉原会長が言った。

「どうもね、暴対法や排除条例のせいで、私らが祭に関わっちゃいけねえらしいです」

阿岐本が大きく息を吐《つ》いた。

「私らの稼業はずいぶんと制限を受けてますが、テキヤさんまで締め出されるとは……」

多嘉原会長がこたえる。

「ずいぶん前《めえ》からそういう話はあったんです。町内会で出店をやるから、遠慮してくれっていう……。それを、神社の神主さんが私らのために頑張ってくれまして、去年まではなんとかやれたんですが……。ま、時代の波ってやつでしょうか」

「暴対法と排除条例にはかないませんなあ」

「まあ、私らも偉そうなことは言えません。切った張ったと無縁じゃありませんので、暴力団と言われりゃ、暴力団ですから」

「しかし、昔から神農さんは祭にはつきものだったじゃないですか」

「詐欺《さぎ》だと言われてもしょうがないようなこともやっておりました。消えるインクだのハブの軟膏《なんこう》だの、インチキな商品で子供たちの小遣い銭を巻き上げたり、安いバナナを高値で売ったり……」

「それって、香具師《やし》の話芸を楽しむもんだと私は思ってます。その芸に金を払うんですよ」

「そういうおおらかな世の中じゃなくなったみてえです。法律ってのは非情ですね」

阿岐本は永神を見て言った。

「それで、俺にどうしろって言うんだい。露店を出せるように交渉しろってことか？」

「いや、今回ばかりはどうしようもないと思う。ただされ、アニキに話を聞いてもらいたかったんだ」

阿岐本は再び、溜め息をついた。

「話はたしかに聞かせてもらった」

多嘉原会長が言う。

「一家を畳むことも考えなければならないと思います。テキヤはもう生きていけない世の中になっちまいました」

阿岐本が言った。

「おい、誠司」

「はい」

「一度その神社に行って、話を聞いてきてくれ」

一瞬言葉を呑んだ。

永神も多嘉原会長も「どうしようもない」と言っている。阿岐本自身「暴対法と排除条例にはかなわない」と言っているのだ。

今さら話を聞いてどうなるというのだ。

そう思ったが、親の言うことに逆らうわけにはいかない。

日村はこたえた。

「わかりました」

すると永神が言った。

「俺の車で案内するよ」

日村は頭を下げる。

「すみません」

「善は急げだ」

阿岐本が言った。「すぐに行け。会長と俺はもうしばらく話をしているから」

「はい」

日村は即座に立ち上がった。永神も「よっこらしょ」と腰を上げる。

「では失礼します」

日村は多嘉原会長と阿岐本に礼をしてから出入り口に向かった。ドアを開けて永神が出るのを待つ。

結局、面倒なことになるわけだ。

永神の横顔を見ながら、日村はそう思っていた。

車の助手席に乗ろうとしたら、永神に「いっしょに後ろに乗れ」と言われた。

車が走り出すと永神が言った。

「多嘉原会長が、アニキに会いたいと言ったんだ。断れねえだろう」

「そうですね」

「会長ほどの人が話をしたがる。阿岐本のアニキは、ホントたいした人だよ」

「それで、どういう話なのですか？　今ひとつ理解できないんですが……」

「聞いたとおりの話だよ」

「神社の縁日で露店を出せるようにしろってことですか？」

「だからよ」

永神が顔をしかめた。「そいつはどだい無理な話なんだよ。だから、多嘉原会長もそのへんのことはもう諦めてらっしゃるんだ。ただ、誰かに話を聞いてもらいたかったんだろう。その誰かが阿岐本のアニキだったわけだ」

「オヤジがこのままで収まると思いますか？」

「頼られたら、嫌とは言えない人だからなあ。だが、今回ばかりは無理筋だろうよ」

「自分は話を聞いてどうすればいいんでしょう？」

永神はしばらく考えてからこたえた。

「今の世の中がどういうことになっているか、じっくり話を聞いて、それをそのままアニキに伝えるんだな」

「はあ……」

本当にそれで済むのだろうか。日村は不安に思いながら、車窓に目を転じた。いつの間にか車は首都高を下りて、明治通りを走っていた。

2

永神が車を停めたのは、目黒区内の住宅街だった。細い路地がくねくねと続いたその先に、こんもりと緑の木々が見えた。杜《もり》のようだ。そこが神社なのだ。

永神が言った。

「じゃあ、よろしく頼むよ」

車が走り去り、日村は徒歩で神社に向かった。参道は短く、その両脇にすぐ家屋が迫っている。

古い木製の鳥居があった。鳥居も拝殿も小さい。それでも木立は立派で神々しさを感じる。

駒吉《こまよし》神社というらしい。

日村は鳥居の前で一礼し、参道の端を歩くようにして鳥居をくぐった。中央は神様の通り道だ。

ヤクザは神道と近しい。だから日村にもそれくらいの心得はある。

拝殿に行き、賽銭《さいせん》を入れて二礼二拍手一礼。振り向くと、袴《はかま》姿の神職がいた。

「お参りくださり、ありがとうございます」

お約束のように、竹箒《たけぼうき》を持っている。

「こちらの神主の方ですか?」

「そうですが……」

「お名前をうかがってよろしいでしょうか。私は日村と申しますが……」

「大木和善《おおきかずよし》と申します」

「ちょっと訊《き》きたいことがあって、訪ねてまいりました」

「警察の方ですか？」

「いえ、違います」

「何をお訊きになりたいのでしょう」

「縁日についてです」

「ああ。当社の縁日なら、あそこに案内がございます」

「露店が出るのだそうですね？」

「ああ、それは秋の大祭ですね。今年の大祭は九月に終わりましたが」

「来年も店が出るんでしょうか」

「出ますよ」

「露店商の方が出されるのですか？」

「テキヤさんのことをおっしゃっているのですか？」

「ええ」

「テキヤさんの露店ではありません。町内会の人たちが出すことになっておりまして……」

「へえ……」

日村は驚いた振りをした。「露店と言えばテキヤだと思っておりましたが……」

「失礼ですが、テキヤさんのご関係の方ですか？」

「知り合いがおります」

「もしかして、多嘉原会長ですか？」

「会長をご存じですか」

「長い付き合いです」

「多嘉原会長のところで、露店の手配などをされていたようですね」

「かつてはそうでした」

「町内会の方が店を出されるということですね」

「ええ。今年はそうです」

「どうして、そういうことになったのでしょう」

「警察が訪ねて来ましてね……」

「警察……」

「排除条例ですよ。何でも、祭礼等における措置《そち》ってやつがあるらしい。祭や花火大会、興行なんかの主催者は、行事の運営に暴力団関係者を関与させてはならないってことなんです」

「それで、祭からテキヤを追い出せと……」

「町内会からも申し入れがありました」

「申し入れ……？」

「テキヤのような怪しげな連中が、町内で露店を出すのは望ましくないと……。露店なんて、怪しげだからいいんですよね」

「はあ……」

「堅気とはちょっと違う怪しい雰囲気が人を惹き付けるんです。祭ってそういうもんですよ。ケレン味って言うんですかね……」

「わかるような気がします」

「あなたも堅気ではないでしょう」

「え……?」

「多嘉原会長の知り合いだとおっしゃいましたし、独特の色気がありますからね」

「色気ですか……」

「立ち話もナンですから、社務所のほうへどうぞ」

「お邪魔じゃありませんか?」

「話を聞きに来たんでしょう」

「それはそうなんですが……」

「じゃあ、遠慮なくどうぞ」

拝殿の右手に社務所がある。どうやら神主の住居を兼ねているようだ。案内されたのは、お札などを並べている窓口のある小部屋だ。そこに小さな応接セットがあった。

大木と日村は小さなテーブルを挟んで座った。

「実はですね、境内を掃除していて腰が疲れたので座りたかったのですよ」

「それは気がつきませんで……」

「煙草《たばこ》、いいですか？」

「ええ、どうぞ」

大木は紙巻き煙草を取りだし、火を付けた。今流行《はや》りの電子タバコではない。うまそうに煙を吐き出すと、大木は言った。

「昨今は、煙草も吸いにくくなりましたね。私のような年寄りにとっては、だんだん住みにくい世の中になっていきます。あなた、煙草は？」

「吸いません」

ガキの頃には粋《いき》がって吸っていたが、いつの間にか止めていた。禁煙に苦労した記憶はない。

「煙草が毒だってことは百も承知ですよ。でもね、だからこそ吸いたくなるんです。糖尿の気《け》のある人には甘い物は毒だ。でも食べたい」

「はあ……」

「テキヤだってそうだと思うんです。多少毒があるから人が集まってくるんだって。露店商のいない祭は、味気なくていけません」

「しかし、彼らを祭に呼び戻すことはできないのですね？」

「できないでしょうね。世の中の流れがそうなってますから……。なんかね、みんなの目がつり上がっているような気がするんです」

「目がつり上がっている……？」

「神経質でぴりぴりしている。ちょっとしたことで騒ぎ立てる。そんなことで目くじら立てるなよと言いたくなります。世知辛《せちがら》い世の中になったもんです」

「世知辛いと言えば、お賽銭を銀行に預けるのに、手数料を取られるんだそうですね」

「ええ。預け入れる硬貨の枚数によって手数料が決まっています。例えば、ある銀行では百一枚から五百枚までが五百五十円、五百一枚から千枚までが千三百二十円です。ですから、すべて一円玉だとしたら赤字になります」

「赤字ですか……」

「まあ、実際にはすべて一円玉ということはあり得ませんので赤字にはなりませんが」

「神社もたいへんですね……」

「うちはまだいいほうです。近くに寺があるんですが、お寺さんはもっとたいへんみたいですよ」

「そうなんですか？」

「無縁墓が増えて、どうしていいかわからないらしい」

「無縁墓ですか……」

「縁者が亡くなったり、地元を離れたりで、墓守する人がいなくなるんですね。それで、墓を放置するわけです」

「へえ……」

「年々檀家も減っているようですし……」

「なるほど……」

「その寺の住職は困り果てておられる」

「この近くとおっしゃいましたね」

「ええ。歩いて十分か十五分くらいでしょう」

「何という寺です？」

「西量寺《さいりょうじ》です。地図を書きましょうか？」

「あ、いえ……。スマホの地図アプリで何とかなると思います」

「へえ、あなたも今どきですなあ……」


このまま帰ったらガキの使いだ。そう思った日村は、西量寺まで行ってみることにした。

大木は近くだと言ったが、歩いてみるとけっこうあった。初めて歩く道だから遠く感じたのかもしれないが……。

その寺も住宅街の中にあった。山門がコンクリート製で、けっこう現代風な建物かと思ったが、境内に入ってみると、本堂も寺務所も古い木造だった。

本堂の左脇には鐘楼《しょうろう》があり、立派な鐘が下がっていた。日村はしばしその鐘楼を眺めていた。寺の鐘など見たのはいつ以来だろう。

「何の用だね」

背後から声をかけられ、日村は振り返った。

僧衣の人物が立っていた。年齢は六十歳くらいだろうか。大きな目に力がある。思わず圧倒されそうになった。

「あの……、ご住職ですか？」

「いかにも、私が住職の田代栄寛《たしろえいかん》だが」

「日村と申します」

「梵鐘《ぼんしょう》を見ておったな。何か言いたいことでもあるのか？」

「え……？」

いきなり攻撃的な物言いで、日村はたじろいだ。「いえ、別に言いたいことはありません」

「では、何をしていた？」

「駒吉神社の神主さんにお話を聞いていたら、ここのお寺のことが話題になりまして……」

「駒吉神社？　大木だな」

「はい、大木和善さんです」

「何の話をしていたんだ？」

「祭からテキヤを追い出した件について……」

「あんた、テキヤか？」

「いえ、違いますが、まあ、似たようなもので……」

「似たようなもの？　じゃあ、博徒《ばくと》系か？」

「はい」

田代住職は、ふんと鼻から溜め息を洩らした。

「いきなり詰問して申し訳なかった」

「いえ……」

「鐘のことで、あれこれ言う連中がおるのでな」

「鐘のことで……？」

「まあ、こちらへ来なさい。せっかく来たんだから、茶でもいれよう」

「あ、お構いなく」

「いいから、いいから」

本堂の前にある階段に座れと言われた。住職は寺務所へ行き、ペットボトルの茶を持って戻ってきた。

それを日村に手渡すと、彼は日村と並んで腰を下ろした。

「秋晴れだねえ」

田代は空を見上げてしみじみとつぶやく。

ここでのんびりしている場合ではないのだ。

日村は言った。

「お寺はいろいろとたいへんだとうかがいました。無縁墓とか……」

「ああ……」

田代は空を眺めたままこたえる。「墓をほったらかしでどこかに消えちまうんだ。墓より生活が大切ってのはわかるんだけどね……。ご先祖をないがしろにするなんて、情けないじゃないか」

「そういう墓はどうされるんですか?」

「地方自治体が対処することもあるし、可能なときは、私が改葬させていただく。頼まれてお骨を納骨堂にお預かりするケースもあるな。しかし、たいていはご遺族と連絡がつかない。だから、区役所も私も困り果てる」

「はあ……」

「広い土地を持っている名刹《めいさつ》なんかだと、無縁仏をまとめて供養するための墓を作ったりできるが、うちみたいな小さな寺じゃそれも無理だ」

「たいへんですね」

「たいへんなんだよ。ご先祖の面倒くらいちゃんと見ろよと言いたい」

「檀家も減ってるそうですね」

「そりゃもうどうしようもない。世代が代わると、寺との付き合いがなくなるんだよ」

「そうですか……」

それは容易に想像がつく。若い世代にとっては、墓守だの法要だのはただ面倒なだけだろう。

「昔はどこの家にいってもお仏壇があったもんだ。神棚とセットでね」

「茶の間には神棚、奥の部屋に仏壇という感じでしたね」

「今じゃ仏壇なんて置いている家のほうが珍しい。こんなんじゃ、この国は滅びるぞ」

なんだか妙なデジャヴを起こしかけて日村は気づいた。

そうか、この住職は阿岐本のオヤジと雰囲気が似ているのだ。

剃髪《ていはつ》に赤ら顔。恰幅《かっぷく》がよくて、声がよく通る。そんな共通点がある。

「滅びますか……」

「ああ、滅びるね。墓の問題は、区役所が力になってくれるからまだいい」

「……とおっしゃいますと？」

田代は眼を鐘楼に転じた。

「あれだよ」

「鐘ですか？」

「うちでは昔から、正午と午後五時に鐘を撞《つ》いてきた。もちろん、除夜の鐘も鳴らす」

「お寺ですから、そうでしょうね」

「それが、騒音だと言われている」

「えっ」

日村は驚いた。「誰がそんなことを……」

「付近の住民だよ。私は長年坊主《ぼうず》をやっているがね、除夜の鐘がうるさいなんて言われたことはなかった。世も末だよ」

「しかし、そんなことが……」

「実際にあるんだよ。苦情を受けたといって、区役所や警察までがやってきた」

「鐘を撞くのをやめろというのですか？」

「はっきりとは言わないよ。けどね、遠回しにそういうことを臭わすわけだ。時計が高級品だった時代には、寺の鐘は時報の代わりになった。だが今じゃ時計など誰でも持っているし、スマホで時間もわかる。だから、鐘を鳴らす必要はないでしょうと、区役所の役人は言うわけだ」

「別に時報の代わりに鐘を鳴らしているわけじゃないですよね？」

「鐘を撞くことは供養なんだよ。それを説明しても、相手はぽかんとした顔をしている。供養ということ自体が理解できないらしい」

ふと、田代は日村のほうを見た。「あんたらは、供養のこと、よくわかっているだろうね」

日村はうなずいた。

「親から、そういうことは大切だときつく言われております。切った張ったの世界ですから……」

「あんたも、人を殺したことがあるのか？」

「いえ。幸い、自分はありません」

殺しかけたことなら何度もある。ヤクザの喧嘩というのはそういうものだ。

「そういうことでもないと、供養なんてことは考えないか……」

「自分らなんか、ほめられたもんじゃありません」

「誰もほめてなんかいないよ。墓参りだ供養だって、普通の人がそういうものを大切にしていた時代が懐かしいんだ」

「はい」

「区役所のやつが言うんだよ。この地域では、苦情があったんで公園を閉めたこともあるんだって。だから、寺も考えろってことなんだろうな」

「公園が……？」

「子供が遊ぶ声がうるさいという苦情があったそうなんだ」

日村は再び驚いた。

「公園で子供が遊ぶのは当たり前のことだと思いますが……」

「そうだよな。道路で遊んだりしたら、危なくって仕方がない」

「で、苦情があったからその公園を閉めたと……」

「区役所が立入禁止にしちまったらしい。あきれたもんだよな。じゃあ、子供はどこで遊べばいいんだ。俺たちのガキの頃は、空き地がたくさんあってそこでメンコやベーゴマなんかやって遊んだもんだがな……。空き地にはなぜか土管があって、その中で秘密基地ごっこなんかもやった」

「空き地ですか……」

さすがに日村の世代だとそういう記憶はない。

「先祖と子供ってのはさ、過去と未来だろう。過去も未来も大切にできないなんて、やっぱりこの国は滅ぶな」

「はあ……」

「おっかない国がさ、近くの島国を統合しちまってさ、その勢いで日本まで占領しちまうわけだ。それと同時に、北の大国が列島づたいに北海道のほうから攻めてきて占領しちまうんだ。日本語も使えなくなるし、日本人としての尊厳をすべて奪われる。奴隷《どれい》みたいに扱われて初めて、ああ、日本という国は大切だったと気づくわけよ」

話がとんでもない方向に行きそうなので、日村は言った。

「それで、鐘はどうなさるのでしょう？」

「取りあえず、正午の鐘は見合わせている。午後五時には、区が防災無線の放送を流すだろう？」

「音楽が流れますね」

「それに紛れて鐘を鳴らしてるよ」

「苦労されてますね」

「地域の住民に嫌われたら、寺なんて存続できんからな」

「それで、除夜の鐘は……？」

「それはまだ考えてない」

「住民の声というのは恐ろしいもんですね」

「自分のことしか考えず、先祖も子供もないがしろにするような腰抜けに、国は守れんぞ」

また話がずれていきそうなので、日村はいとま乞いをして、事務所に戻ることにした。

3

午後四時頃、事務所に戻ると、日村は奥の部屋をノックした。

「日村です」

「おう、誠司か。入《へえ》んな」

「失礼します」

日村を見ると、阿岐本は尋ねた。

「それで、神社はどうだった？」

「いろいろと話をうかがってきました。近くに寺があり、そこでも住職から話が聞けました」

「ほう……」

日村は、できるだけ詳しく、神主の大木や住職の田代から聞いた話を、阿岐本に伝えた。阿岐本は、ただ黙って話を聞いている。

日村が話し終えると、阿岐本は言った。

「そうかい。国が滅びるかい」

「西量寺住職の田代さんは、そうおっしゃっていました」

「面白いじゃねえか。その坊さんに会ってみたくなったな……」

つまりこれは、何が何でも会いにいくという意味だ。

「明日、アポを取っておきますか？」

「ヤクザがいちいちアポ取るのか」

「出入りじゃないんで……」

「いいよ。縁を計ってみようじゃねえか」

「縁を計る……？　どういうことですか？」

「行ってみて会えなきゃ、それだけの縁だってことだ」

「わかりました」

「明日、十時頃にここを出発する」

「稔にそう言っておきます」

礼をして部屋を出ようとすると、阿岐本が言った。

「公園から子供を追い出すだって……？」

日村は足を止めた。

「は……？」

「祭からテキヤを追い出し、公園から子供を追い出し、この国はいったい、何をやろうとしてるんだ？」

話がでかい。やっぱりオヤジは、あの住職に似ている。日村はそんなことを思って、部屋を出た。

「おい、稔。明日の朝十時に車の用意だ」

「わかりました。行き先は？」

「目黒区の西量寺って寺だ」

「寺ですか……」

稔は怪訝《けげん》そうな顔をしたが、健一や真吉は目を輝かせた。

健一が言った。

「今度は寺ですか？」

傾いている寺を立て直すという話だと思っているようだ。

日村は言った。

「今回は、おまえらが思っているような話じゃなさそうだぞ」

健一が聞き返す。

「そうなんですか？　でも、代貸、現地にいらっしゃったんですよね？」

「行った。最初は神社で神主から話を聞いた」

「多嘉原会長がいらした件ですね？」

「そうだ」

すると、真吉が言った。

「あ、やっぱりテキヤの手伝いか何かをするんですね？」

「そうじゃない」

日村は言った。「祭からテキヤが追い出される件について事情を聞いたんだ」

真吉が表情を曇らせる。

「祭からテキヤを追い出す？　それってどういうことです？」

すると、普段滅多にしゃべらないテツが言った。

「暴対法に排除条例だよ。警察は、神農系も暴力団と見なしているから……」

真吉が、啞然《あぜん》とした顔で言う。

「テキヤがいなけりゃ祭じゃない。そうですよね？」

日村はこたえた。

「警察の指導があったそうだ」

それを受けて、テツが言った。

「都の排除条例の、祭礼等の措置ですね」

日村はうなずいた。

「地元の町内会からも申し入れがあったそうだ。だから、今年は町内会の人が露店を出すそうだ」

「でも……」

稔が戸惑った様子で言った。「明日行くのは、神社じゃなくて寺なんですよね」

日村は説明した。

「神主から、その寺のことを聞いたんだ。神社だけじゃなくて、寺も苦労してるって……」

「寺の縁日からもテキヤが追い出されるという話ですか?」

「そうじゃない。無縁墓の話とか、鐘の話とか……」

「無縁墓……」

説明するのが面倒臭くなってきた。

「とにかく、だ」

日村は言った。「神社や寺を立て直すって話じゃないから、変な期待をするな」

健一が言った。

「自分ら別に、期待なんてしてません」

嘘つけ。そう思ったが、日村は何も言わず、いつもの一人掛けソファに、どっかと腰を下ろした。


翌日、午前九時五十分に、稔はすでに事務所の前に車を着けていた。阿岐本は、十時ちょうどに事務所に下りて来た。三階から上が阿岐本の住居になっている。

日村は助手席に座ろうとしたが、阿岐本が「こっちに乗れ」と言ったので、並んで後部座席に座った。

稔はすでにカーナビをセットしており、すぐに出発した。

「なあ、誠司……」

阿岐本が言う。「昨日の話だが、ちょっと引っかかることがある」

「何でしょう……」

阿岐本は即答せずに、「うん」とうなずいてからしばらく考え事をしている様子だった。

やがて、彼は言った。

「まずは、ご住職の話だ。そのことは、後で話をしよう」

「はい」

阿岐本が何に「引っかかる」のか気になった。だが、改めて説明してくれるまで待つしかない。

それから西量寺に着くまで、阿岐本は口を開かなかった。


「へえ……。こんな住宅街のど真ん中に、寺があるんだね」

車を降りると、阿岐本が言った。

「はい」

「ここで鐘を叩きゃあ、そりゃあ文句を言う人も出るだろうなあ……」

「はい」

境内に住職の姿はなかった。本堂の扉が開いているので、覗《のぞ》いてみた。掃除をしている住職の田代の姿が見えたので、日村は声をかけた。

「ああ、あんたか……。たしか、日村さんだったね?」

「うちの代表が、ご住職と話がしたいと申しまして……」

「代表？　親分のことか？」

「はい」

「まあ、上がってくれ」

まず、阿岐本が本堂に上がり、日村が続いた。

阿岐本が田代に言った。

「お掃除とは精が出ますな」

「うちは禅宗ですので、作務《さむ》ですよ」

「なるほど……」

「まあ、小僧でもいればそいつにやらせるんですが、女房と二人暮らしなもんで……」

「そうですか」

阿岐本が名乗ると、田代も自己紹介した。

「親分さんのところは、若い衆は？」

「四人おります。この日村が面倒を見てます」

「やあ、うらやましいですなあ。うちにも四人くらい小僧がいたら、楽なんだけどなあ……」

「禅宗とおっしゃいましたね？」

「……とは言っても、宗派とはあまり関わりがなくなってますんでね。単立《たんりつ》みたいなもんですよ」

「単立……？」

「ああ……。宗派に属していない寺や神社なんかのことを、そう言うんです」

「属していないわけじゃないんですよね？」

「墓の管理から何から、自前でやってますからね。この寺も親父から継いだんです。もう、宗派はほとんど関係ないですよ」

「鐘のことで、苦情があるとうかがいました」

「そうなんですよ。おたくの日村さんにも言ったんですけどね。坊主を長いことやってるけど、こんなのは初めてだって……」

「区役所からも、何か言われているらしいですね」

「……というか、役所は住民から苦情が来れば、対処しなければなりませんからね」

「公園の話も聞きました」

「役所の担当者に、ポリシーがないんですよ」

「ポリシーですか」

「文句言うやつに、ちゃんと説明すればいいんです。子供の安全のために公園は必要だとか、鐘は先祖供養の意味があるんだし、日本の文化なんだから、止めるわけにはいかないとか、ちゃんと住民を説得すりゃあいいんだ」

こうして二人向かい合って話しているところを見ると、なんだか兄弟じゃないかと思ってしまう。それくらい印象が似通っている。

「苦情があったのは、いつ頃のことなんでしょう？」

阿岐本が尋ねると、田代は考えてから言った。

「いつだっけかなあ……。いずれにしろ、最近のことですね」

「ここ一年とか……」

「そうですねえ……」

「去年の除夜の鐘はどうされました？」

「打ちましたよ。昼と夕方の鐘について、あれこれ言われてましたけど、まさか、寺が除夜の鐘を打たないわけにはいかないと思って……」

「何か言ってきましたか？」

「区役所のやつが、形ばかりの注意に来ましたけどね……」

「そうですか」

「初詣《はつもうで》には来るんだよねえ……」

「え？　何です？」

「いやね。除夜の鐘はうるさいって文句言うくせに、初詣には来るんですよ、この辺の住民が……」

「苦情を言っている人がお参りするわけじゃないでしょう」

「こっちから見れば、どちらも近所の住民ですよ。だからね、住民にもポリシーがないんですよ。寺の鐘がうるさいって言うんなら、仏教から先祖崇拝からすべて否定すりゃあいいんだ。そうなりゃ、こっちも戦いますよ」

「戦いますか」

「ええ。戦います。それって、宗教弾圧ですよね。信教の自由にも反します」

少し違う気がすると、話を聞きながら日村は思った。どうも田代は、話がずれてでかくなる傾向にある。

「けど、初詣には来るわけですよ」

「しかし、本来の仏教の教えからすると、初詣なんかより、鐘のほうが重要なんですよね?」

田代は「おっ」と目を丸くした。

「さすがは親分さんだ。よくおわかりだ。そうです。初詣ってのは、もともと年籠《としごも》りでね。家の主が大晦日《おおみそか》から元旦にかけて、氏神様の神社に籠《こ》もる風習だったんです。だから、神社のしきたりだったんですな。それが、いつしか除夜の鐘と初詣になったんです。で、私たちは伊達《だて》や酔狂で除夜の鐘を叩いているわけじゃないですよ。これも、日村さんには言いましたが、ご先祖の供養なんです」

「へえ……。いや、勉強になります」

「ところで、親分さんはいったい何の話をしにいらっしゃったんです?」

「国が滅ぶとおっしゃったそうですね。それは聞き捨てならないと思いまして……」

「ええ。このままではね。そうは思いませんか?」

「昔から、そういうことを言う人はおりました」

「そうかもしれません。でも、昔は除夜の鐘がうるさいなんて言う人はいなかったし、子供が公園で遊ぶ声がうるさいなんて言う人もいなかったような気がします」

「どうでしょうね。何でも文句を言う人はいつの世にもおります」

「文句を言う人はいましたよ。でも、そういう人の言い分が通ることは、あまりなかった。でも、最近はそういうのが認められてしまうんですな」

「ああ、そうかもしれません」

「私はね、ネットの影響だと思うんです。理屈こねて相手を論破するのが人気を得る世界です」

「ネットってのは、そうなんですか？」

「上から目線で、人をばかにするようなことを言うと受けがいいんです」

「そりゃ、いけませんなあ」

「ネットで好き勝手書き込んでいるやつや、他人に迷惑をかけて喜んでいるような動画を投稿しているやつは、世の中の怖いもんを知らないんです」

「おっしゃるとおりかもしれません」

「親にも学校の先生にも殴られたことがないんですよ。今、学校で先生が生徒を殴ったりしたら、たいへんなことになるらしい」

「ああ、それは聞いたことがあります」

「だから子供がつけ上がる。つけ上がったまま成長して堪《こら》え性がなく文句ばっかり言ってる若者になる。そしてそのまま大人になって、親になる。それがまた、モンスターペアレンツになって子供を甘やかす……。こりゃあ、国が滅ぶでしょう」

「私は、世の中そう捨てたもんじゃないと思っておりますが……」

「親分さんたちに頑張ってもらわないと」

「え……？　私らがですか？」

「そうです。世の中には怖いものがあるんだって教えてやらなければ」

「いや、私らはだめです。暴対法と排除条例でがんじがらめですから」

「そうなると、若いやつらはますますつけ上がりますなあ……。半グレっていうんですか？　あいつらどうしようもないらしいじゃないですか」

　阿岐本にこんなことを言うなんて、田代自身が怖いものを知らないいんじゃないのか。日村はそんなことを思っていた。

「それで……」

　阿岐本は言った。「今年はどうなさるんです？」

「え……？」

「除夜の鐘です」

「ああ……。どうしようか、考えているんですよ。近所の人たちとは揉《も》めたくありませんしねえ。家の近くに墓があるんで不気味だ、なんて文句言う人もいますしね……」

「寺に墓は付きものでしょう」

「それに、墓は別に不気味なものじゃないですよ。地方ではまだ、自宅の敷地内にご先祖のお墓があるようなところもある。都会育ちの人には、そういうことがわからないのでしょうなあ」

「檀家の方々なら、そんな文句は言わないでしょうね」

「もちろんです。でも、その檀家がどんどん減っていまして……。寺や神社にはきつい世の中です。あ、そう言えば日村さんが、祭の露店の件で神社を訪ねたと言ってましたね」

阿岐本がこたえた。

「はい。話を聞きに行くように言いました」

「神主の大木は、たまたま私と同級生でしてね」

「え？　そうなんですか？」

「何の因果か、向こうは神社、こっちは寺です。これで、キリスト教の神父でもいりゃあ面白いんですがね」

そのとき、住職の名を呼ぶ声がした。

出入り口から誰かが本堂を覗き込んでいる。年齢は三十代の後半だろうか。地味な服装の真面目そうな男だ。

その男が言った。

「田代さん。もしかして、何かトラブルですか？」

心配そうな顔だ。いや、怯《おび》えていると言ったほうがいいか……。阿岐本や日村の素性《すじょう》に気づいているのだろう。

二人とも派手な格好をしているわけではない。特に日村などは、黒いスーツに白いシャツ、ノーネクタイときわめて地味だ。

それでもやはり、堅気には見えないらしい。

田代がその男に言った。

「トラブル？　私にとっちゃ、あんたがトラブルだよ」

阿岐本が田代に尋ねた。

「どなたです？」

「区役所の斉木《さいき》さんです」

「ちょっと……」

斉木が田代に言った。「こういう人たちに、気安く名前を教えないでくださいよ」

「何でだ？　別にいいだろう。あんた、普段は役所で名札を付けているじゃないか」

阿岐本が言った。

「お名前をうかがったからには、私のほうも名乗らねばなりませんね。阿岐本と申します」

斉木が言った。

「どこの阿岐本さんですか」

挑むような口調だ。虚勢を張っているのだろう。

「綾瀬《あやせ》の阿岐本です」

斉木は所属している会社など、素性を尋ねたのだろうが、阿岐本は住所をこたえた。

「田代さんに、何の用です？」

「いろいろとたいへんな思いをされているそうなので、お話を聞こうと思いまして……」

「話を聞いてどうするんです？」

「どうもしません」

その一言は、日村にとっては朗報だ。だが、阿岐本の言葉には続きがあった。

「今のところは」

「田代さん。こういう人たちと関わっちゃだめですよ」

田代が言った。

「あんた、事情も知らないで、そういう言い方は失礼だろう。私にとっちゃ、あんたのほうがよほど迷惑なんだ」

「そう言われてもですね、私どもは住民から苦情があったら対処しないわけにはいかないんです」

「今日は何しに来たんだ？」

「調査ですよ」

「何の調査だ？」

「文化庁からのお達しで、休眠している宗教法人を報告しなければなりません」

「休眠だと？　うちはれっきとした寺だぞ」

「わかってますよ。だから、確認に……」

「今さら何の確認だ。さあ、帰ってくれ」

斉木は、その場でしばらく逡巡《しゅんじゅん》していたが、やがて言った。

「わかりました。今日は引きあげます。でも、鐘のことについて話し合わなければなりません。それについてはまた、後日……」

斉木が姿を消した。

4

「鐘のことというのは、除夜の鐘のことですか？」

阿岐本が尋ねると、田代が言った。

「それだけじゃなくて、正午と夕方に鳴らす鐘ですね」

「それもやめろと……」

「苦情なんて言ったもの勝ちです。役所がそれを受け付けたら、あとは杓子《しゃくし》定規な対応ですよ。連中は、強硬手段を取るわけじゃないが、その代わり諦めない」

「なるほど……」

「鳴らさない鐘をぶら下げていても仕方がない。処分するつもりなら、相談に乗ると、斉木は言うんですがね……」

「処分……？」

「清掃局で廃棄処分にすると……。冗談じゃない。鐘は法具で、寺の立派な財産なんです。それを斉木は、ただの金属の塊《かたまり》としか見ていない」

「価値観の違いですなあ」

そのとき、戸口のほうからまた声がした。斉木が戻ってきたのかと思ったら、そうではなかった。

制服を着た警察官が二人いる。

田代が怪訝そうに言った。

「何です、警察まで……」

年上のほうの警察官が言った。

「斉木さんから聞きましてね。西量寺にヤクザがいると……」

「なんだ」

田代が言う。「いちゃ悪いのか」

警察官がこたえる。

「何か強要されたりしていませんね？」

「ばかを言うな。世間話をしているだけだ」

警察官が阿岐本のほうを見て言った。

「綾瀬から来たと聞いたけど……」

「はい」

「わざわざ綾瀬から、何しに来たの？」

「ご住職のお話をうかがいに参りました」

田代が言う。

「だから言ってるだろう。話をしてるんだって」

「住職。都の排除条例では、暴力団と交流することもアウトなんですよ。宗教法人なんだから、気をつけてもらわないと……」

「この人たちは、ここで別に悪いことをしているわけじゃないよ。放っておいてくれ」

「そうはいかないんです。暴対法という法律がある以上、私らちゃんと対処しないと……」

田代の反論を待たずに、警察官は阿岐本に向かって言った。

「ちょっと質問させてもらいますよ」

「何でしょう？」

「住職の話を聞きに来たと言ったね？」

「はい」

「この西量寺のことを、どうやって知ったの？」

「ここにいる日村が、駒吉神社の神主さんから教わりました」

「駒吉神社の神主？　大木さんだね？」

警察官が日村を見たので、日村は「はい」とこたえた。

「なんで、駒吉神社を訪ねたの？」

その質問には、日村ではなく阿岐本がこたえた。

「知り合いから、露店商についての話がありまして……」

「知り合いって、誰？」

「それは、その方に迷惑がかかるといけないので、申せません」

「あ、そういうのだめだよ。ちゃんと話してくれなきゃ」

警察は、根掘り葉掘り尋ねる。そして、嘘やごまかしを許さない。「露店商の話をしたのは、誰？」

「多嘉原さんという方です」

「多嘉原なに？」

「多嘉原義一さんです」

若い方の警察官がメモを取っている。

「それで……」

質問が続く。「露店商のどんな話だったの？」

「昔の祭は今と違って露店商もたくさん出ていてよかったと……。まあ、そういう話です」

「それが、駒吉神社とどういう関係があるんだい？」

田代が言った。

「いい加減にしてくれ。うちの客だぞ」

すると、警察官は田代を睨《にら》んだ。

「あんた、へたすると騒音規制法で訴えられるぞ。そうしたら、そんなでかい口はきけなくなるからな」

警察官が一般市民を恫喝《どうかつ》している。

へたなヤクザよりタチが悪いなと、日村は思った。

田代が黙ると、警察官は阿岐本に視線を戻した。

「住所を教えてくれる？」

阿岐本は素直にこたえる。

それから、警察官は田代に念を押すように言った。

「強要とか恐喝とかのトラブルじゃないんだね？」

「違うと言ってるだろう」

「では、本職たちはこれで。何かあったら、すぐに通報するように」

警察官たちが引きあげると、田代が舌打ちした。

「やつら、区役所と結託して、この寺から鐘をなくそうとしているんです」

「まあ、公務員同士ですから……。しかし、結託ってのは言い過ぎじゃないですか」

「ふん。やつら何か企《たくら》んでるんだ。あなたがたが来たとたん、斉木が顔を出したでしょう。そして、その斉木からの通報を受けて二人の警察官がやってきた。斉木が来たのは偶然じゃないですよ」

「見張られていたと……」

「斉木本人が見張っていなくても、仲間の誰かが見張っています」

「仲間……？」

「斉木にクレームを言った近所の住人ですよ。見張っているというか、気になったことを斉木に知らせるんですね」

「昔は、町内の噂《うわさ》ってのは、あっという間に広まったもんでしたが、今もそうですか」

「その頃は、隣近所みんな顔見知りで、お裾分けとか、回覧板とかで住民同士の付き合いがあった。だから、隣人の様子が気になっていたわけですよね。でも今はね、相互監視態勢ですよ」

また話が大げさになってきたと、日村は思った。

阿岐本が聞き返した。

「相互監視態勢ですか」

「この辺は古い住宅街でしたがね、相続税とかの問題で、古い家がどんどんアパートやマンションになったんです」

「ああ、東京ではよく見かける光景ですね」

「親から受け継いだ家を維持できない税制ってのもどうかと思いますけどね。だから、うちの檀家も減る……」

「もともと地元の人ではない、新しい住民が増えたってことですね」

「そうです。鐘がうるさい、子供の声がうるさいって言ってるのは、たいていマンションやアパートの住人らしいです」

「なるほど……」

「そういう連中は、隣に住んでいる人が何者か知らないことも多い。だから不安になって監視するんです。互いに監視し合って、何か気になることがあったら、区役所に苦情を言ったり、警察に通報する」

「監視というのは、そういうことですか」

「なんかねえ、ここは昔はのんびりした住宅街だったんですけどねえ。三世代の家族がたくさん住んでました。住民と境内や本堂で、こうして世間話をすることも多かった……。今じゃそういうこともあまりないですねえ」

「新しい住民が増えるのは悪いことばかりじゃないでしょう。新陳代謝っていうんですか？新たな刺激もあったりするんじゃないですか？」

「どうでしょうね。新たな住民に期待するのは、若い活力でしょう。子供がたくさんいる地域は未来を感じますよね。でも、このあたりには子供がいない家庭が多いんです。独り暮らしが増えましたし、夫婦でも子供がいないところが目立ちます。少子化ですよ。古い住宅街ですらこうなんですからね。この国は滅びますよ」

阿岐本が言った。

「いろいろとうかがえてためになりました。ぜひまた、お話を聞きに寄らせてください」

「ええ、いつでも歓迎ですよ」

本堂をあとにすると、田代も外に出てきて見送ってくれた。コンクリートの山門をくぐり西量寺を出ると、稔が車を目の前に着けた。

乗車すると、阿岐本が言った。

「田代さんは、いろいろと溜まっているようだなあ」

鬱憤《うっぷん》が溜まっているということだ。たしかに、前回よりも饒舌《じょうぜつ》だった。不満のはけ口を求めていたのかもしれない。

「神主もそうでしたが、田代さんは自分らを嫌っていないようですね」

ヤクザを嫌がらない一般人は珍しいと思ったので、日村はそう言った。

「宗教家ってのは、俗世間を超越したようなところがあるからな」

「田代さんはけっこう俗物っぽかったですよ」

「そうあってほしいという話だ。昔の偉い坊さんの話だがな……」

「はい」

「時の天皇にお目通りがかなうということになったが、着る服も指定され、隔《へだ》たった部屋から御簾《みす》越しに会えと言われた。これに不服だったその坊さんは、袈裟《けさ》を着てじかに拝謁《はいえつ》することを求めた。天皇はそれを許可して、会ったときにこう言った。仏法不思議、王法と対座す。すると、その坊さんは堂々とこう言った。王法不思議、仏法と対座す……」

「はあ……」

「何のことかわからねえか。まあ、坊さんはそれくらい超然としていてほしいって話だ」

「事務所に戻りますか？」

日村が尋ねると、阿岐本はしばらく考えて言った。

「駒吉神社ってのは、この近所なんだな？」

「歩いて十分くらいです」

「稔」

阿岐本が言った。「ナビ入れな。行ってみよう」

するとと稔は言った。

「その神社なら、場所はわかっています。お話の間にこのあたり、一回りしてきましたので」

「気がきくじゃねえか」

稔がオヤジにほめられると、日村も誇らしい気分になった。

車は、動きだすとすぐに停まった。昨日歩いたときは、けっこうな距離があると思ったが、車で移動すると近くに感じる。

鳥居をくぐると、昨日と同じく大木が竹箒で境内を掃いていた。

日村に気づくと彼は言った。

「おや、あなたは昨日の……」

「今日はうちの代表といっしょなんですが……」

大木が阿岐本のほうを見た。阿岐本が頭を下げて名乗ると、大木も丁寧に礼を返した。

阿岐本が言った。

「多嘉原会長から、露店の件を聞きまして、詳しくお話をうかがおうと、やってきたのですが……」

「テキヤを入れてくれと言われても、私にはどうすることもできませんよ。町内会の決定ですので……」

「それは重々承知しております。いえね、私も今さらテキヤをどうこうできると思っちゃおりません。ただ、事情を詳しく知りたいわけでして……」

「昨日、そちらの方にお話ししましたよ」

「日村からおおよそのことは聞いております。ただ、どうしても直接お話をうかがいたいと思いまして」

「そういうことでしたら、こちらへどうぞ」

昨日と同様に、社務所に案内された。

ソファに腰を下ろすと、阿岐本が言った。

「こうしてお札やお守りに囲まれていると、神妙な気持ちになりますね」

「ああ……。お守りに霊力なんてありませんけど、そういうお気持ちが大切なんですね」

「え……。霊力がない?」

「そりゃそうです。そんなもの、内職の方が作っているんですよ」

「お札も?」

「ええ。業者がおりますから……」

「それでも、魂とかお入れになるんじゃないですか?」

「魂を入れるのは仏教です」

「でも、ご祈禱《きとう》はなさるんでしょう?」

「私が祈禱してもしょうがありません。皆様がお札を見てご祈禱なさることが大切なんです」

「はあ……。本質はそこなんですね」

「そうです」

「……で、うかがいたいのは、祭からテキヤが追い出された経緯です」

「昨日も申しましたが、警察がやってきましてね。どうやら、住民からの苦情があったようです。祭で反社が露店を出していると……」

阿岐本が言った。

「別に、ヤクザと言ってもらってけっこうですよ」

「何かいざこざがあったのならいざ知らず、商売《バイ》をしているだけなのに、苦情が警察に行くなんて、何て世の中なんでしょうね」

大木はごく自然に「バイ」という商売を意味する符丁を使った。テキヤとの長い付き合いがあるからだろう。

「警察がテキヤを入れるなと言ったわけですね」

「はい。条例でそうなっているので、と……」

「……で、警察が動いた背景には住民の声があったと……」

「そういうことです」

「住民の声ねえ……」

阿岐本は溜め息をついた。「西量寺さんでは、鐘の音がうるさいと言われているらしいです」

「ああ、そうらしいですね」

「住職の田代さんとは同級生でいらっしゃるとか」

「そうです。小学校と中学がいっしょでしたね」

「お親しいんでしょうね」

「まあ、幼馴染《おさなな》《じ》みですから……」

「多嘉原会長から聞いた話だと、大木さんはずいぶんと会長たちのために頑張られたということですね」

「ああ……。町内会の人たちとは、ずいぶん話し合いましたね。まあ、中にはテキヤを入れて、昔ながらの祭もいいんじゃないかと言う人もいましたが、大半は暴力団排除という意見でしてね」

「まあ、そういうご時世ですから」

「ええ」

「方針を変えられた理由はなんです？」

「え……？」

大木は、不意をつかれたようにきょとんとした顔になる。「方針を変えた理由……？」

「ええ。大木さんは、テキヤのために頑張られた。住民を説得しようとなさったのでしょう。しかし、結局、露店は町内会で出すということになった。それはどうしてです？」

「どうしてって……」

大木は、ほんの少しだがうろたえているように見えた。「それがご時世だと、今あなたもおっしゃったじゃないですか」

「そうですね。でも何か、きっかけがあったのではないかと思いまして」

「特にきっかけがあったわけじゃありません」

大木は力なく言った。「警察に言われちゃ、しょうがないでしょう」

阿岐本はうなずいた。

「おっしゃるとおりです。……で、この神社は、単立ですか？」

大木は再び、きょとんとした顔になる。

「単立かどうかと訊かれたら、そうだとこたえるしかありませんね。神社は寺なんかと違って宗派があるわけじゃありませんから」

「そうなんですか？」

「神社は勧請《かんじょう》を受けます。それで神様をお祀《まつ》りできるわけです」

「勧請……？」

「分霊とも申します。神霊を分けてもらうのです。八幡神社とか稲荷神社とか、全国にたくさんあるでしょう。これは勧請してもらって広まるわけです。でも、各神社は独立しています」

「コンビニのフランチャイズみたいなものですか？」

「ま、そうかもしれません。ですから宗派と組織的につながっている寺とは違うのです」

話を聞いてうなずいていた阿岐本が唐突に言った。

「突然お邪魔してすみませんでした。では、これで失礼することにします」

これ以上大木の話を聞く必要がないと思ったのか、それとも何か閃《ひらめ》いたのか。日村は、阿岐本が急に話を切り上げたのには理由があるような気がした。

車に戻ると、阿岐本は言った。

「さっきの話だがな……」

「昨日聞いたことで、引っかかることがあると言っただろう」

「はい」

阿岐本は穏に、事務所に戻るように命じると、日村に言った。

「ちょっと調べてみたほうがいいかもしれねえな」

「え……？」

結局、首を突っこむことになるのか。面倒なことにならないといいが……。日村は祈りたい気分だった。

5

「おう、もう昼過ぎじゃねえか」

阿岐本が言った。日村はこたえた。

「どこかで食事をなさいますか？」

「そうだな……」

すると、ハンドルを握る稔が言った。

「大通りに出たところに、鮨屋《すし》がありました」

日村は尋ねた。

「大通り？　山手通りのことか？」

「そうです」

すると、阿岐本が言った。

「鮨、いいじゃねえか」

稔が言った。

「では向かいます」

阿岐本と日村は、山手通りに停めた車から降りた。

「稔」

阿岐本が言った。「ちょっとここで待ってな」

「はい」

大衆的な鮨屋だ。昼時で混んでいるかと思ったが、そうでもない。ピークを過ぎているのだろう。

上にぎりを二人前、並を一人前注文した。並を先ににぎってもらい、お土産にして、それを稔に届けた。

阿岐本と日村は、カウンターではなくテーブル席で鮨をつまんだ。

阿岐本が言った。

「神社も寺もたいへんだね」

「はい」

「もともとは人様のためにあるもんだ。ありがたがられて当然なのに、まさか迷惑がられるとはなあ……」

「最近、宗教法人は風当たりが強いですからね」

「妙な宗教団体が問題になったし、税金で優遇されているからなあ……。しかし、神社や寺は人の心の拠《よ》り所じゃねえか」

「けっこう、生臭《なまぐさ》坊主もいるみたいですが……」

「俺は原則を言ってるんだよ」

「すいません」

「どんな批判や非難があろうと、原則を忘れちゃいけねえよ」

「はい。ところで、気になることがあるとおっしゃっていましたが」

「うん……」

「神主の大木さんに、どうして方針を変えたのかと質問されていましたね。気になることというのは、それですか？」

「その話は、事務所に帰ってからにしよう」

「はい」

鮨を平らげると、二人は車に戻った。稔が「どうも、ごちそうさまでした」と言った。

阿岐本は車を事務所に向かわせた。


事務所に到着したのは、午後二時頃のことだった。阿岐本が奥の部屋に行き、日村は留守中の報告を聞こうと思った。

そのとき、インターホンのチャイムが鳴った。応対した真吉が言う。

「甘糟《あまかす》さんです」

甘糟達男《たつお》巡査部長は、北綾瀬署のマル暴刑事だ。日村は言った。

「お通ししろ」

入ってきたとたんに、甘糟は言った。

「ちょっと。中目黒署管内で、いったい何やってんの？」

西量寺にやってきた警察官が署に報告して、そこから北綾瀬署に知らせが行ったのだろう。日村はシラを切ることにした。

「何の話でしょう」

「目黒区に行ってたことはわかってるんだからね」

「ほう。誰から聞いたんです？」

「そんなこと、言えないよ」

「どうして言えないんです？」

「そりゃ、職務上の秘密だからだよ」

「言っちゃまずいことなんですか？」

「別にまずくないけどさ……」

「じゃあ、教えてください。誰から、どういうふうに聞いたんですか？」

「どういうふうにって……」

次第に甘糟はしどろもどろになる。

こうなれば、こっちのペースだ。これがヤクザの話術だ。決して反論を許さず、質問を畳みかけていく。

次第に相手は自分が何を言いたかったのかわからなくなってくるのだ。

「誰かが私の姿を見かけたと言うのですか？」

「だから、そんなことは言えないんだよ」

「じゃあ、こちらもこたえる義理はありませんね」

甘糟は驚いた顔で言う。

「どうしてさ。警察官が質問してるんだよ」

「そういうの、よくないですねえ」

「え……？」

「警察官が質問すりゃ、相手が何でもこたえると思ったら大間違いですよ。こっちにもプライバシーってもんがありますからね」

こうして、論点を微妙にずらしていくのもヤクザの手だ。

「あのね、こっちには暴対法があるんだよ」

「自分ら、指定暴力団なんですか？」

「え……？」

「暴対法ってのは、指定暴力団が威力を示していろんなことをするのを取り締まる法律ですよね。自分ら、いつ指定暴力団になったんです？」

甘糟はもう、すっかりうろたえている。

「指定暴力団じゃなくたって、暴力団には違いないだろう」

「ですからね。自分らが暴対法の対象だと、はっきりすれば、いくらでも質問におこたえしますよ。でもね、甘糟さんは、はっきりそうおっしゃってはくれない。それじゃあ、私だって話はできませんよ」

「いいからさ、目黒区で何をしてたのか、教えてよ。でないと、俺、係長に叱られるんだ。知ってるだろう？　係長って、嫌なやつなんだよ」

たしかに係長の仙川修造《せんかわしゅうぞう》警部補は、とても厭味《いやみ》なやつだ。出世が何より大切で、実力もないのに偉そうにして、実績ばかり気にしている。

それに比べれば甘糟は実に付き合いやすいやつだ。親しみすら覚える。いじめるのはかわいそうなのだが、こちらもそうは言っていられない。

「鮨を食いました」

「え……？」

「山手通り沿いにある鮨屋です。お疑いなら、裏を取ってください」

「いや、何食べてもいいけどさ。そんなことを訊きたいんじゃないんだよ」

「それくらいしか、申し上げることがないんで……」

「西量寺っていう寺に行ったでしょう」

やはり、あの警察官たちが報告したのだ。

「行きましたが、それが何か……？」

「あ、やっぱり行ったんだ。そこで何をしてたんだ？」

「ご住職から、ありがたいお話をうかがっていました」

「ありがたい話って？」

「そりゃあ、仏教の話です」

「どんな話？」

「忘れました」

「ありがたい話なのに、忘れたの？」

「そんなもんですよ。お経と同じで、中身なんてよくわからないけど、とにかくありがたいお話だって感じることが大切なんじゃないですか」

「寺を脅しに行ったりしてないよね」

「どうして自分らが、寺を脅さにゃならんのですか」

「だから、それを訊きたいんじゃないか。何かを強要してるの？」

「ですからね。住職を脅して、私らに何の得があるんです」

「知らないよ。だから、それを教えてくれって言ってるんじゃないか」

「話になりませんね」

日村は溜め息をついてみせた。「強要の事実などありませんので、それを教えろったって無理な話です」

「何でもいいから教えてよ。でないと、北綾瀬署の立場がないんだよ」

「北綾瀬署の立場がない……。誰に対して立場がないのですか？」

「え……？」

「誰かから、何かを命じられているか、あるいは問い合わせを受けている……。そういうことですね？」

「いや……。俺はそんなこと、一言も言ってないからね」

「でも今、北綾瀬署の立場がないと、たしかにおっしゃいましたよね。それは、もしかして、中目黒署に対して顔が立たないってことじゃないですか?」

「だからさ……。そんなこと、言えるわけないだろう」

「こういうことですか?」

日村は言った。「中目黒署のマル暴から、仙川係長が何か言われたわけですね? それで、甘糟さんがここにいらっしゃったと……」

甘糟は、どうしていいかわからない様子で、しばらく視線を床に落としていた。やがて、彼は言った。

「俺、そんなこと、言ってないからね」

「わかりました。甘糟さんは何もおっしゃっていません。私が勝手に想像したことです」

「……でさあ、その中目黒署の組対係のやつって、仙川係長に輪を掛けて嫌なやつでね。いきなり、おまえら、管内の組の手綱も握ってられねえのかって怒鳴《どな》ったらしいんだよ。係長、すっかりへそを曲げちまってさ……。何か持ち帰らないと、今度は俺が怒鳴られちゃうんだよ」

「申し訳ありませんが、本当に自分ら、ご住職の話を聞きにうかがっただけなんで……」

「どういう経緯で、目黒区の寺なんかに行くことになったわけ? ここからずいぶん遠いじゃないか」

「ちょっと縁がありまして……」

「どんな縁？」

「縁は縁です。どんなもヘチマもありません」

駒吉神社の大木のことは言えない。ましてや、多嘉原会長の名など日村の口からは出せない。

「そうなんだ」

「私らが何か悪さをしているってのは、中目黒署の刑事さんの思い込みでしょう」

「それ、言えない」

甘糟はぶるぶるとかぶりを振った。「思い込みだなんて言ったら、何を言われるか……。ホント、中目黒署のやつは居丈高なやつなんだよ」

「何て人ですか？」

甘糟は、ぎょっとした顔で日村を見た。

「何でそんなこと、訊くのさ」

「甘糟さんや仙川係長は、地元の仲間じゃないですか。それを恫喝するようなやつは、私らの敵でもあります。名前くらい聞いておかないと……」

「あ、俺たち谷津《やつ》さんの敵じゃないからね。同じ警察官だし……」

「谷津さんとおっしゃるんですね」

甘糟は「しまった」という顔をした。

「ねえ。ホントに、俺がしゃべったなんて、係長や谷津さんに言わないでよ」

「もちろんです。その谷津さんですが、係長か何かですか？」

「いや、俺と同じ巡査部長だよ」

「それなのに、仙川係長に怒鳴ったんですか？」

「そうなんだよ。びっくりだろう？　そういう人なんだよ、谷津さんって……」

「ああ、それはたいへんですねえ」

「あ、わかってくれる？　もう、できるだけ相手にしたくないんだけどね」

「そうでしょうね」

「そうでしょうねって、他人事《ひとごと》みたいに言わないでよ。あんたたちが、中目黒署管内に出かけていったことが、そもそもの原因なんだから……」

「それは申し訳ないことをしました。しかし、本当に住職からありがたいお話をうかがっただけで……。うちの代表なら話の内容を覚えているはずです。代表に会いますか？」

とたんに甘糟は青くなった。

「代表って組長のことかい？　やだよ、俺。会いたくないよ。じゃあ、また来るからね。くれぐれも、妙なことしないでよ」

甘糟は、そそくさと事務所を出ていった。

「さすがですね」

健一が言った。

日村は聞き返した。

「何がだ？」

「こちらからは何もこたえず、逆に甘糟さんから、中目黒署のマル暴の名前を聞き出したじゃないですか」

「俺たちゃ、情報産業なんだよ。人から話を聞き出してナンボなんだ」

「勉強になります」

その時、奥の部屋のドアが開いた。

「おう、誠司。ちょっと来てくれ」

「はい」

部屋を訪ねると、ソファに座るように言われた。オヤジが腰を下ろしてから、日村も浅く腰かけた。

「誰か来てたようだな」

「甘糟さんです」

「そうかい」

「中目黒署から知らせがあったようです。西量寺で何をしてたと訊かれました」

「何とこたえた？」

「ご住職から、ありがたいお話をうかがっていた、と……」

阿岐本はうなずいた。

「何だか、目黒のほうはぴりぴりしてるみてえだな」

「どうでしょう……」

「さっきの話の続きだが……」

「はい」

「人が言うことを急に変えるのは、何か理由があるはずだろう」

「大木さんの場合、警察や町内会の人に言われたことが理由でしょう」

「誠司。おめえは表面的なことで納得する悪い癖がある」

「すいません」

「多嘉原会長は、大木さんがずいぶんと力になってくれたと感謝なさっていた。会長はちゃんと人を見るお方だ。だから、以前は本当に力になってくれたんだろうよ」

「でも、警察には勝てないでしょう」

「まあ、時代が変わったってことだろうが、どうもすっきりしなくてな」

オヤジがこういう言い方をするのは何かを感じ取っているからだ。大木には何か事情があるのかも知れない。しかし、放っておいたほうがいいんじゃないかと日村は思う。

どうせ組のシノギにはならないのだ。もちろん、日村の口からそんなことは言えない。だから、黙っていた。

すると、阿岐本は言った。

「ちょっと調べてみる必要があるな。そう思わねえか」

思わなかった。

「何を調べればいいんでしょう」

「駒吉神社や西量寺のご近所のことだ」

「近所の何を……」

「苦情とか反対運動とかさ、そういうのには、必ず言い出しっぺがいるだろう」

「はあ……」

「そういう人が、周囲の意見を取りまとめていくわけだ」

「つまり、神社の縁日にテキヤが店を出すことに反対し、寺の鐘を鳴らすことに反対する人たちの音頭を取っている人物、ということですね」

「そうだ。その人のことが知りたい」

知ってどうするのだ。

そう思ったが、日村の立場では訊けない。調べろと言われたらやるだけだ。

「わかりました」

「けどな……」

阿岐本がふと表情を曇らせた。「俺とおめえがちょっと顔を出しただけで、甘糟さんがすっ飛んで来た。こりゃ、おめえが、目黒で嗅ぎ回ると、面倒なことになるかもしれねえな」

「そうですね」

「若い衆に探らせてみろ。なるべくそれらしくねえやつがいいな」

それらしくないというのは、ヤクザに見えないという意味だ。

「わかりました」

話はそれで終わりだった。

奥の部屋を出た日村は言った。

「テツと真吉。ちょっと来てくれ」

「はい」

二人は日村の定席である一人掛けのソファのところにやってきた。

ヤクザに見えないといったら、この二人しかいない。

テツは度の強い眼鏡《めがね》をかけていて、どう見ても引きこもりのタイプだ。真吉は優男で、暴力沙汰とはまったく縁がなさそうに見える。

日村は、二人に阿岐本から言われたミッションを伝えた。

健一と稔が気になって仕方がないという様子で、ちらちらとこちらを見ている。

話し終えると、日村は言った。

「すぐに行け。場所は、稔に聞け」

真吉が「はい」と返事をする。テツは無言だ。ちゃんと返事をしない若い衆など、ぶん殴られて当然なのだが、なぜかテツは殴る気がしない。

重要な阿岐本組の頭脳だからかもしれない。

二人は即座に事務所を出ていった。何事もすぐに行動が、日村たちの稼業のモットーだ。

少しでも行動に躊躇《ちゅうちょ》があればシノギのチャンスを逃すし、命の危険もある。そういう世界だから、日村たちはすぐに行動する。だから、堅気に負けないのだ。

その日の午後五時頃、また永神がやってきた。

「アニキに呼ばれたんだけど……」

日村は、奥の部屋に行き、永神の到着を阿岐本に告げた。

「おう、来たか」

阿岐本は言った。「誠司。おめえもいっしょに話を聞きな」

「はい」

永神を奥の部屋に招き入れ、日村もまた部屋を訪ねた。

6

　永神が薄笑いを浮かべている。これは愛想笑いだ。緊張しているときに、彼はこの表情を見せる。それを日村は知っていた。

「何だい、アニキ。用ってのは……」

「おう、ちょっと調べてほしいことがあってな」

「俺にできることかい」

「おめえにしかできねえことかもしれねえ」

「ほう……」

「駒吉神社の金回りについて調べてほしいんだ」

「え……」

　永神は驚いた顔になった。「神社の金回り？　なんでまた……」

「たいした理由があるわけじゃねえんだ。いろいろと調べてみたくなってな」

「なんだよ……。俺はまた、小言でも言われるのかと思ってたよ」

「何で俺が小言を言うんだ？」

「だって、また面倒なことを持ち込んじまったから……」

　ああ、自覚はあるんだなと、日村は思った。

阿岐本が言った。

「多嘉原会長の頼みじゃ断れないだろう」

「そうなんだよ」

「それに俺は、面倒なことだとは思ってねえよ」

「そうかい。それを聞いてほっとしたが……。でも、どうして神社の経済状態を知りたいんだ？」

「たいした理由はねえと言っただろう」

「もし、神社が金銭的に困っていたら、一肌脱ごうってことかい？」

「いやいや、俺にそんな甲斐性はねえよ。ただ知りてえだけだ」

「わかった。任せてくれ。ただし、ちょっと時間が必要だ」

阿岐本はうなずいた。

「何かわかったら、すぐに知らせてくれ」

「承知した」

永神が席を立った。

永神も言われたら即行動なのだ。

神社の経済状態が、テキヤを追い出すこととどういう関係があるのだろう。日村は疑問に思ったが、それを阿岐本に質問するのははばかられた。

訊いてもどうせはぐらかされるのだ。

永神が事務所をあとにした約一時間後の午後六時頃に、真吉とテツが戻ってきた。

日村は言った。

「早いな。手ぶらで帰ってきたんじゃないだろうな」

テツがこたえた。

「真吉さんが、近所のおばさんたちからいろいろと聞き出しました」

「お、真吉マジックか」

女性なら幼児から老婆まで真吉には気を許してしまう。別に媚《こ》びを売るわけでも、機嫌を取るわけでもない。

普通にしているだけで、女性たちがなびいてくるのだ。それはもはや魔法と言うしかない。

その真吉が言った。

「かつて区役所に勤めていた人が町内会長らしいです。何年か前に定年になって、今は無職だというのですが、今でも区役所にいろいろ伝手《つて》があるんで、町内では頼りにされているみたいですね」

「何という名だ？」

「藤堂伸康《とうどうのぶやす》です」

「じゃあ、その人がその地区の中心人物ということだな」

「ええ。まあ、形の上では……」

「どういうことだ？」

「藤堂さんは、あまりご自分から前に出る方じゃないようです」

「でも、町内会長なんだろう？」

「それも、みんなに言われて仕方なく引き受けたようですね。区役所に勤めていたなんて、地域の住民にとって、こんなに便利な人はいないですからね」

「そりゃそうだろうな」

「藤堂さんはすごく人がよくて、頼まれたら嫌と言えないらしいです」

「住民の先頭に立って苦情を言ったりするような人じゃないということだな」

「苦情ですか……？」

「例えば、の話だ」

「どうでしょうねえ……」

真吉はテツの顔を見た。

テツが言った。

「町内会の人たちの不満が募《つの》って、誰かが代表して声を上げなければならないとなれば、引き受けるでしょうね」

テツは見た目はぼうっとしていて頼りないが、しゃべる内容は誰よりも理屈が通っている。

「そうか……」

日村が考え込むと、真吉が言った。

「たしかに藤堂さんが町内会長をやってるんですが、発言力がある人は他にいるみたいですよ」

「誰だ？」

「原磯俊郎《はらいそとしろう》という人です。町内会の役員で、年齢は藤堂さんと同じくらいなんですが……」

「何者だ？」

「区内の商店街で不動産屋をやっているということです。……で、こっちは藤堂さんと違って言いたいことを言うタイプのようです」

「なるほど」

「町内会には、藤堂派と原磯派がいるようです。人数はほぼ同じくらいで……」

「対立しているのか？」

「いいえ、対立というほどではないのですが、意見が分かれることはあるみたいですね」

「わかった」

日村はうなずいた。「この短時間に、よく調べたな」

テツが言った。

「ほとんど、真吉さんがおばさんたちの話を聞いていただけなんですけど」

日村は奥の部屋に行き、阿岐本に今の話を伝えた。

すると阿岐本は言った。

「ほう。真吉はたいしたもんだな」

「はい。自分もそう思います」

「町内会が二派に分かれているというのは、面白い話じゃねえか」

「面白いですか？」

「何事も対立構造があったほうが面白い」

阿岐本は時々、わざと難しい言葉を使う。

「はあ……」

「会ってみてえな」

独り言のように言う。

これは、何が何でも会いたいということだ。

「段取りをしましょうか？」

「そうだな。西量寺の田代さんにでも頼んでみるか……」

「ご住職に？」

「俺たちが突然、町内会に行っても、相手はびっくりするだけだろう。へたをするとまた、警察がやってくる」

「そうですね」

「田代さんに頼めば、何とかしてくれるかもしれねえ」

「わかりました。連絡してみます」

「電話で頼み事は失礼だ。会いにいけ」

「はい」

「俺はもう出かけねえから、稔に言って車を使え」

「いえ、電車で行きます」

「時間がもったいねえし、あまり人に見られちゃいけねえ。いいから、車で行きな」

「はい」

日村は頭を下げた。「ではお言葉に甘えさせていただきます」


稔の運転する車で、すぐに西量寺に出かけた。事務所を出たのが午後七時頃だった。道が混んでいたので、西量寺に着いたのが午後八時頃だった。

庫裏《くり》を訪ねると、田代本人が玄関に出て来た。

「おや、どうしました」

「こんな時間に申し訳ありません。お願いがありまして……」

「私に頼み事ですか？　何でしょう」

「うちの代表が、町内会の人たちと会いたがっているので、ご住職に間に立っていただけないかと思いまして……」

「町内会？」

「取りあえず、町内会長の藤堂さんと、原磯さんにお目にかかれれば、と思いまして……」

「町内会の人と会って、どんなお話をされるつもりですか？」

「それは、代表次第ですが……。おそらく、駒吉神社の件で、住民の方の意見を聞くつもりではないかと思います」

「テキヤの件ですね」

「はい」

「ついでと言っちゃナンですが、うちの鐘のことも話題にしてほしいですね」

「代表に伝えておきます」

田代が、ふと怪訝そうな顔をする。

「それにしても、藤堂さんはわかりますが、どうして原磯さんに……」

「なかなか発言力がおありのようですね」

「ああ、そうかもしれません。あの人、しょっちゅう飲み歩いているんで、人脈も多いですし、連合会の役員もやってますから」

「連合会？」

「原磯さんの店がある商店街の連合会です」

「町内会とは別なのですね？」

「地域が違いますしね。商店街はちょっと離れていますから。それに、町内会は住民の会ですが、連合会は商店の経営者の集まりです。ちょっと会の性格が違います」

「なるほど……。では、原磯さんは連合会の役員と町内会の役員を兼任されているということですね？」

「兼任といってもねえ……。町内会の役員なんて持ち回りだし、普段は何もやってませんよ。連合会のほうが、やれ夏祭りだ、やれフリーマーケットだ、やれ年末商戦だと、いろいろ忙しいと思いますよ」

「そうなんですね」

町内会も連合会も縁がないので、日村はぴんとこない。

「わかりました」

田代は言った。「これからすぐに連絡を取ってみましょう。明日、午前十時に本堂でどうです？」

話が早い。日村はこたえた。

「けっこうです」

事務所に戻ったのは九時過ぎだが、阿岐本はまだ残っていた。田代の言葉を伝えると、阿岐本は言った。

「明日の午前十時だな。稔に車の用意をさせておけ」

「承知しました」

「おめえも来るんだよ」

「はい」

「じゃあ、俺は引きあげるぜ。あとはよろしくな」

事務所の上の階に、阿岐本の自宅がある。阿岐本はエレベーターで上に向かった。

翌日、稔が運転する車は、約束の時間より十分ほど早く西量寺に到着した。本堂の前で田代が阿岐本たちを待っていた。

「町内会の人たちはまだです」

阿岐本が言った。

「いらっしゃるまで、外で待っていましょう」

田代が言う。

「いやいや、先に上がってお待ちください」

「そうはいきません。こちらからお願いして集まってもらったんですから……」

そうこうするうちに、三人の男たちが山門をくぐって近づいてきた。

田代が挨拶する。にこやかだった三人が、阿岐本と日村を見て緊張した面持ちになった。

「住職」

三人組の一人が言った。「この方たちは……？」

「藤堂さん。電話で言ったでしょう。住民の声を聞きたがっている人たちがいるって……」

どうやら彼が藤堂らしい。

「しかし、これは……」

「心配いりません。お二人は私の知り合いなんです。ま、とにかく上がってください」

藤堂たちが並んであぐらをかくと、阿岐本はその前で正座をした。その斜め後ろで日村も正座をする。

両者の間に田代が座った。

町内会の三人は、ものすごく居心地が悪そうだ。彼らは一目見て、阿岐本と日村の素性に気づいたのだ。

阿岐本は低姿勢でにこやかだが、彼らにしてみればそれも不気味なのに違いない。

「こちらは、綾瀬からいらした阿岐本さんと日村さんだ。駒吉神社について、何か話を聞きたいとおっしゃっている」

すると、五十代と見える白髪の男性が言った。

「駒吉神社だって……。もしかしたら、テキヤのことじゃないのか？」

田代が言った。

「この方は、河合忠《かわいただし》さんとおっしゃいます。アパートを経営していらっしゃいます」

阿岐本が言った。

「よろしくお願いします。ええ、そのことについても、ぜひうかがいたいと思っています」

別の一人が言った。

「田代さん。こんなのだまし討ちじゃないか。話の相手がこういう人たちだなんて、聞いてないよ」

田代はかまわずに言った。

「こちらは、山科孝弘《やましなたかひろ》さん。会社員でしたが、今は定年退職されております」

阿岐本が再び頭を下げる。

「よろしくお願いいたします」

河合が田代に言った。

「山科さんが言うとおり、どうやら俺たちはだまされたようだな。警察を呼ぶぞ」

田代が言った。

「大人げないな。話をしたいと言っている相手に対して、警察を呼ぶってのはどういうことだい」

「だって、この人たちは……」

「だから、私の知り合いだと言ってるでしょう」

「あの……」

日村は田代に尋ねた。「原磯さんは……？」

「ああ、それがね……。今日はどうしても用があって来られないって言うんだ。原磯さんと話がしたければ、別途段取りしますよ」

「そうですか」

真吉の話だと、原磯は町内会長の藤堂よりも発言力がありそうだ。つまり、原磯は陰の町内会長ともいうべき存在なのではないかと思っていた。

今日の会合の主たる目的は、その原磯に会うことだった。だから、日村は肩透かしを食らったような気分だった。

だが、阿岐本はまったく気にしていない様子だ。

彼は言った。

「どうも、私どものような者がテキヤの話をするとなると、剣呑《けんのん》に感じられるのも無理はありません。しかし、町内会の方針を変えて、祭にテキヤを入れてくれとかいう話ではないので、ご安心ください」

「安心などできるか」

河合が言った。「こんなところに呼び出したこと自体が圧力じゃないか」

「まずは、顔見せと思いまして……。今後は、皆様のご都合がよろしいところに参ります」

「今後は、だって？　もう二度と会うつもりはないよ」

「では、今日が限りと思って、しっかりと話を聞かせてもらいますよ」

何気ない一言だが、凄みがある。町内会の三人の顔色が悪くなった。

「何か、我々に訊きたいことがあるということでしょうか？」

藤堂が言った。控えめな口調だ。

阿岐本が言った。

「今年の駒吉神社の縁日では、町内会の方々が露店を出されるのだそうですね」

藤堂が不安そうにうなずいた。

「そうです」

「長年、商売をしてきた露店商を、入れないことにしたんですね」

「我々が締め出したわけではありません。彼らを入れないことに決めたのは、駒吉神社です」

「神主の大木さんは、これまで露店商を入れられるように努力されていたようですがね……」

河合が言った。

「誰からそんなことを聞いたんだ？」

どうやら、この人物が一番反抗的なようだ。阿岐本に対して敵意をむき出しにしている。虚勢を張っているのだろうと、日村は思った。つまり、怖いから吠えているのだ。

阿岐本は充分にそれを承知しているから余裕の表情だ。

「大木さんご本人から聞きました。そして、露店商側の人からも……」

すると、山科が言った。

「露店商側の人……。それはいったい何者です？」

阿岐本はこたえた。

「多嘉原という人で、神農系団体の代表です」

「つまり、テキヤの親分ということですね？」

阿岐本は素直に認めた。

「はい、そうです」

河合が眼の色を変える。

「やっぱり、テキヤを排除したことについて、圧力をかけに来たんだな」

田代がなだめようとするが聞かない。

「警察を呼ぼう」

河合が電話を取り出した。

7

「河合さん」

田代住職が言った。「うちの寺で、警察沙汰はやめてください」

電話を手にした河合が言い返す。

「警察を呼ばなきゃならないようなことをしたのは誰だ」

「私はね、話をしてもらおうと思っただけだ。それを、あんたらはハナから喧嘩腰だ」

「当たり前でしょう」

山科が言った。「こんな連中と話をしろというのが、どうかしてるんだ」

田代が言う。

「こんな連中という言い方はないでしょう」

「言って何が悪い。そういう言い方をされる人たちでしょう。ねえ、藤堂さん」

話を振られた藤堂は困り顔だ。

河合も藤堂のほうを見る。

「警察、呼んでいいですね」

藤堂が戸惑った様子でこたえる。

「あ？　ああ。そうだね」

田代が藤堂に言う。

「あんたまでそんなことを言うのか」

すると、藤堂は言った。

「住職。二人の言うこともわかります。これはいけない。話の相手がこういう人たちだとわかっていたら、私たちは来ませんでしたよ」

「だから言わなかったんだよ。話も聞かずに拒否するってのはないだろう」

すると、阿岐本が言った。

「みなさん、ご住職を責めないでください。私がご住職にお願いしたことですので……」

阿岐本が何か言うたびに、河合と山科はびくりと反応する。

河合が確認するように藤堂に言った。

「警察呼びますよ。いいですね」

藤堂は煮え切らない様子でこたえた。

「ええ、お二人がそう言うのなら……」

河合が電話のボタンをタッチした。一一〇番通報だ。

一一〇番通報されるような事件は起こしていない。こういう場合は、#九一一〇番で、警察署に相談すべきだと、日村は思った。

ヤクザは自然と警察のことにも詳しくなる。しかし、一般の人はそんなことを知らないから、すぐに一一〇番してしまう。

「あ、暴力団員が近所の寺にいるんですが……。ええと……、話をしたいと言ってるんです。あ、いえ、暴力は振るっていません。強要されたというか、それはこれから……。はい、え？　身の危険ですか？　ええと、それは……。ええ、そうですね。危険を感じます。はい、はい……。はい、待ってます」

途中からしどろもどろだった。

一一〇番に応答する係員は、事件か事故かを尋ねる。そして、事件ならばどういう事件かを詳しく質問する。

事件など起きていないのだから、質問されるうちにこたえに困ってくるのは当たり前だ。

電話を切った河合に、山科が尋ねた。

「何だって？」

「警察官を向かわせますと言っていた」

「じゃあ、待つしかないな」

日村は阿岐本を見た。

逃げるなら今だと思った。

通報から警察が駆けつけるまでの、いわゆるレスポンスタイムは、だいたい八分くらいだと言われている。

姿を消すには充分の時間だ。だが、阿岐本は動こうとしない。

焦った日村は言った。

「代表。そろそろおいとましてはどうでしょう」

阿岐本がこたえた。

「話はまだ済んじゃいねえよ」

その一言に凄みがあったのだろう。河合と山科は震え上がった。

阿岐本に逃げる気はなさそうだ。日村は、絶望的な気分になった。暴対法と排除条例があれば、警察はヤクザに対してほぼ何でもできる。

違法捜査だ何だと言ってくれる人はいない。だから、逃げるのが一番だと日村は思うのだ。

だが、阿岐本は逃げない。

駆けつけたのは、昨日も来た二人の地域課係員だ。年上のほうが言った。

「またあんたらか。ここで何してるの？」

彼は巡査部長で、若いほうが巡査のようだ。

阿岐本がこたえた。

「田代さんに町内会の方を紹介してもらいまして、お話をしております」

「通報したのは、誰？」

河合が言った。

「あ、私です」

「何かされた？」

「何かされたって……。こうして私たちを呼び出しただけで、脅迫みたいなもんでしょう」

「脅されたの？」

「だから、こうして面と向かっているだけで、脅されているようなもんでしょう」

「何か要求された？」

「話を聞かせろと言われました」

「何についての話？」

「わかりませんよ。話はこれからですから……」

「暴力は振るわれてないんだね？」

するると、たまりかねたように田代が言った。

「暴力なんて振るうわけがない。ここで話をしていただけなんだ。警察を呼ぶなんて、どうかしている」

巡査部長は田代を睨んだ。

「暴力団関係者に何かされたら、警察を呼ぶのは当然のことなんだよ」

「何かされたらって、この人たちは何もしていないよ」

「町内会の人たちを呼び出したんでしょう？　これから何かを要求するのかもしれない。暴力団等の威力を示して何かを要求したら、れっきとした暴対法違反だ」

「あんたら、そうやって何もしていない人に罪を着せて検挙してれば、実績が稼げていいかもしれんが、普通に暮らしている者にとってはいい迷惑だ」

「暴力団員は普通に暮らしているとは言えない。あんたもだよ、住職」

「俺がどうした」

「近所から苦情が出ていることを忘れないでほしいね。今後の住職の出方によっては、こっちにも考えがあるからね」

「ほう……」

田代が面白そうに笑みを浮かべる。「どういう考えだ？　聞かせてもらおうか」

「あの……」

藤堂が言った。「通報したのは、早とちりだったのかもしれません」

巡査部長は、田代から藤堂に視線を移した。

「早とちりって、どういうこと？」

「あるいは、冷静さを欠いていたというか……」

「暴力団員に脅かされたんでしょう？　冷静でなんかいられないでしょう」

「いや、脅かされたというか……。住職に来てくれと言われてやってくると、この人たちがいたんで、すっかり驚いてしまって……」

巡査部長が苛立《いらだ》ったように言った。

「暴力団員に、威力をもって強要されそうになった。これでいいね？　そしたら、この人たちを検挙できるから」

田代が言った。

「何もしていない人をしょっ引くのか？」

「今言っただろう。暴対法違反だよ」

するると、河合が言った。

「何でもいいから、早くしてくださいよ」

巡査部長は河合に眼を向ける。

「何でもいいってどういうこと？　通報したの、あんたでしょう？　どういう被害にあったのか、はっきりしてくれないと、こっちも困るんだよね」

「暴力団に呼び出された。それでいいじゃないですか」

「こっちだってね、ちゃんと書類書かないと叱られるわけよ。一一〇番したんだよね。一一〇番ってね、たいへんなんだよ。俺たち地域課が駆けつけなきゃいけないし、関係各方面に無線は飛ぶし……。そういうこと、考えてもらわないと……」

河合は驚いた様子で言った。

「え？　警察に通報しただけで、何でそんなことを言われなきゃならないんですか」

「だからね、ちゃんと書類にできるような被害の状況を詳しく知りたいわけよ」

「今言ったとおりですよ……」

その時、外のほうから声がした。

「何をごちゃごちゃ言ってるんだ？」

「あ、谷津さん……」

巡査部長がそう言って場所を空けた。代わって出入り口に姿を見せたのは、ヤクザが言うのもナンだが、見るからに柄の悪そうな男だった。

甘糟が言っていた谷津という刑事だろう。

谷津は、出入り口から本堂の中を見回した。見かけだけではなく、その仕草もまるでヤクザだと、日村は思った。

模倣するとしばしば本物より本物らしくなる。特徴が誇張されるからだ。そういう意味では、谷津は本物より本物っぽかった。

「あんたらは？」

藤堂たちに尋ねた。町内会の三人は、阿岐本と話をするときより、明らかに怯《おび》えていた。

藤堂がこたえた。

「伊勢元《いせもと》町内会の者です」

「で、そこにいるのは、綾瀬の阿岐本と日村だな？」

阿岐本がこたえた。

「そうです」

「……で、綾瀬くんだりからわざわざやってきて、町内会の連中とここで何をやってるんだ？」

「お話をうかがおうと思いまして」

「何の話だ？」

「駒吉神社の縁日の件とか、いろいろです」

「縁日だと？　あんたらテキヤか？」

「そうじゃありません」

「露店を仕切る話じゃないのか？」

「違います。第一、ここは神社じゃなくて寺じゃないですか」

「神社も寺も似たようなモンだろう」

田代が言った。

「そいつは聞き捨てならないな。聖徳太子がどうして仏教を大切にしたか。そこから話をしようか」

「聖徳太子なんて架空の人物じゃないか」

「そういうこと言ってると、国が滅ぶぞ」

「え……」

「自国の伝説や歴史を大切にしない民族に未来はない」

「そんな話はどうでもいい」

「国が滅ぶのが、どうでもいいというのか？」

谷津は舌打ちをした。

「順番に話を聞くから黙ってろ」

そして、阿岐本に眼を転じて言った。「こたえろよ。ここで何をしようって言うんだ」

「申したとおりです。お話をうかがうつもりでした」

「今後、駒吉神社の露店は町内会が出すことになったそうだな？　その決定を覆そうとしているんじゃないのか？」

「ですから、そういう目的ではございません」

「じゃあ、何でこのあたりをうろついている」

「別にうろついているつもりはございません」

「昨日もこの寺に来ていたよな。何を企んでいるんだ？」

それは、日村もぜひ聞きたい。

阿岐本が言った。

「町内会のみなさんの、率直なご意見をうかがいたいと思ったわけです」

「何についての意見だ？」

「町内の諸問題についてです」

「何かもめ事を見つけて、それに介入して金儲けをするというのが、あんたらの常套《じょうとう》手段だよなあ」

「たしかに私ら、仲裁を頼まれることは多いですね」

谷津は、町内会の三人に尋ねた。

「こいつらに、何か頼み事でもしたのか？」

三人は完全にビビっている。

河合が言った。

「いえ、私どもはただ、ここに呼び出されたわけで……」

「阿岐本に呼び出されたということか？」

呼び捨てが気に入らないが、まあ、この場は仕方がない。

河合がこたえる。

「いえ。私たちを呼び出したのは、住職です」

谷津が再び田代を見る。

「ヤクザと組んで何をやらかす気だ？」

「そんな質問にはこたえる気にもなれないな」

「じゃあ、ブタ箱に二、三日泊まっていくか？」

これは明らかな脅迫だ。今どきヤクザがこんな「害悪の告知」をしたら、たちまち逮捕だ。

だが、警察官が逮捕されることは決してない。

権力を楯に取った警察官はヤクザよりタチが悪いと日村は思っている。

「捕まえりゃいいさ。俺は何もしていない。阿岐本さんたちも悪いことは何一つしていない」

「ふん。あんたも阿岐本も、叩けば埃の一つや二つ出るはずだ」

すると、地域課の巡査部長が言った。

「この寺は、近隣から騒音の苦情が出ているんですよ」

「ほう……。苦情か。何をやらかしたんだ？」

「鐘です」

「鐘……？」

「はい。鐘がうるさいと……」

谷津は少々白けた顔になった。

さすがに、寺の鐘に文句を言うことが理不尽だと感じたのだろう。

谷津は阿岐本に言った。

「なるほど、住民の代表を集めて圧力をかけて、苦情を言うやつを黙らせようって魂胆《こんたん》か」

「それができればいいのですがね」

「何だと？」

「物事はそう簡単じゃないんですよ。もし、私らが苦情を押さえつけたとします。でも、それじゃ何の解決にもならない。そうでしょう」

「ふん。解決って何だよ。あんた、何様のつもりだ。政治家か？　役人か？　本当は問題解決なんてどうだっていいんだろう？　住民の声を押さえ込めば、神社の神主や寺の住職から金がもらえるっていう寸法だろう」

「残念ながら、金はいただけません。そういう話ではないのです」

「そうだよ」

田代が言った。「俺と阿岐本さんは、金の話なんぞ、これっぽっちもしたことはないよ。第一、寺にそんな金はない」

「税金がかからないんだから、しこたま貯め込んでいるんだろう」

「寺の金のことを、あんたらに言われる筋合いはないね」

「俺たち税金で給料もらってるんでな。税金を払わない連中が許せないんだ」

「寺や神社に税金の優遇措置があるのには理由があるんだよ」

「ほう、どんな理由だ?」

「俺たちが公益法人等だからだ。つまり、営利目的じゃなくて、世のため人のために働いているからなんだよ」

「笑わせるな。世の中生臭坊主ばかりじゃないか。京都の高級クラブは坊主でもってるって話だぞ」

「京都の話なんぞ知らんよ。うちの寺は哀れなもんだよ。檀家は年々減り続け、みんな墓はほったらかしだ。だから無縁墓が増えるばかりだが、勝手に始末するわけにはいかんので、管理して供養を続ける。金は出ていくばかりなんだよ」

「だからって、ご近所に迷惑をかけていいってことにはならないよなあ」

「迷惑?」

「苦情が来てるんだろう?　鐘のことで」

「そうだよ」

巡査部長が言った。「近所に迷惑をかけておいて、世のため人のためなんて、盗人猛々《ぬすっとたけだけ》しいっていうやつだ」

「とにかくさ」

谷津が言った。「三人はちょっと、署に来てもらおうか」

面倒なことになったと、日村は思った。

警察署に連れていかれると決定的に不利な状況に追い込まれる。ヤクザが事務所に連れていくのと同じことだ。

世間の眼が及ばず、中で何をされてもあきらめるしかない。

実際、取調室ではなく術科の道場に連れていかれたという同業者は少なくない。柔道の猛者《もさ》にしたたか投げられるのだ。

殴られるわけではないので、顔にアザが残ったりはしない。そうやってマル暴刑事はヤクザやチンピラに制裁を加えるのだ。

それが表沙汰になることはない。

日村は思わず言った。

「任意ですよね?」

谷津が眼をむいた。

「何だと?」

「任意同行なら、同意しません」

「ふざけたこと言ってんじゃねえよ」

「ふざけてはいません。自分ら、罪を犯した覚えはありませんので、警察署に行く理由はないと思います」

「じゃあ、任意じゃなく逮捕だ」

「逮捕状を見せてください」

「そんなものはねえよ」

「じゃあ、逮捕はできませんね」

「あとでちゃんと執行してやるよ。だから、身柄を拘束する」

「逮捕状執行までは、任意ということになります。ですから同行に同意はしません」

巡査部長が怒鳴った。

「ヤクザが上等なこと言ってんじゃねえよ」

日村は、言葉を発さず、巡査部長を見返してやった。貫目《かんめ》がものを言う世界で、代貸を張っている日村だ。それなりの迫力はある。

巡査部長はたじろいだ。

谷津は舌打ちして言った。

「やめとけ」

巡査部長が言い返そうとする。

「でも、こいつら……」

谷津が声を落とす。

「一般市民の眼もある」

任意で無理やり引っぱることが違法捜査だという自覚があるのだ。

谷津が阿岐本に言った。

「このままで済むと思うなよ」

「それは、私らがよく使う捨て台詞《ぜりふ》ですね」

谷津はまた舌打ちして、本堂の出入り口を離れた。

取り残された形でたたずんでいた巡査部長は、河合に言った。

「……で、どうすんの？　被害届とか出す？」

「どうすればいいか、よくわからないんですけど……」

しかめ面の巡査部長は町内会の三人に向かって言った。

「じゃあ、誰も実害にあっていないのね？　話し合いの結果、和解。これでいいね？」

「いや、それは……」

巡査部長は若い巡査に言った。

「そういうことで、書類書いておけ。じゃあ、行くぞ」

「はい」

二人の警察官は去っていった。

8

「警察官の質も落ちてるな」

田代が言った。「昔は交番のお巡りさんも、もっと地元の人に親身になってくれたもんだ」

阿岐本がそれに応じた。

「どこの世界も人材不足なんでしょう」

「人材というか、人がいないんだよ。どこもかしこも人手不足って言ってるが、いったいどういうことなんだろうね。だって、世間には人がいっぱいいるじゃないか」

「いろいろ選べる世の中になったってことじゃないですかね」

「いろいろ選べると人が減るのかい？」

「例えば、昔は社会に出ると言えば地域の会社に勤めるとか公務員になるとか、選択肢は限られていたでしょう。そうすると、それぞれの会社や役所には人がたくさん集まることになります。親の仕事を継いで農業をやったり漁業をやる人も多かった。でも、何をやってもいいってことになると、人が散らばって、一所《ひとところ》に集まらなくなるわけです」

「そんなもんかね……」

「誰だって、辛いこととかつまらないことは嫌ですからね」

「人に雇われるのが嫌だから起業したり、ユーチューバーになったり……。そういうわけか」

「自由なのはいいことです」

「でもさ、堪え性がないのはどうかと思うね。最近の若いやつらは、すぐに転職するらしいじゃないか」

「何でも、アメリカじゃ転職するたびにランクが上がるらしいです。経験値が上がるんですな」

「そういうの、俺は世知辛く感じるんだよなあ。仕事が好きとか会社が好きとか、そういうのが基本だと思うんだけど……」

「アメリカと日本は違うんでしょう」

「だからさ、アメリカの真似《まね》なんかしてもしょうがないんだっての。あんな国になったら日本はお終《しま》いだよ。田舎《いなか》に住んでるやつはみんな保守的で、都会に住んでるやつは競争で目がつり上がっている」

「あの……」

藤堂が遠慮がちに言った。「私たちとの話が、まだ途中だと思うんですが……」

すると、河合が言った。

「話なんてどうでもいいよ。もう帰っていいよね？」

山科もそれに同調する。

「帰ろう。もう昼時だし……」

「いや、でも……」

藤堂が言う。「こういうことは、ちゃんとしておかないと……」

田代が言った。

「さすがは、元役所勤めだ」

阿岐本が藤堂に言った。

「昼時なんで、手短に済ませますよ。私らがまず訊きたいのは、テキヤに代わって町内会で露店商がちゃんとやれるのか、ということなんです」

河合がこたえた。

「当然だ。出店くらいやれる。連合会の連中の力も借りるからな。連合会は商店街の集まりだから、店のノウハウは充分に持っている」

阿岐本が言う。

「じゃあ、ナンですね。仕入れのこととか、売り上げの管理なんかは心配ないということですね？」

「みんな商店街に店を持っている連中だ。当然だろう」

「それを聞いて安心しました」

阿岐本はそう言ったが、本心なわけではない。日村にはそれがわかった。

縁日の露店商は、学園祭の出店とは訳が違う。一番大切なのは、トラブル処理だ。店同士の、客同士の、そして店と客のトラブルをどう収めるかがきわめて重要なのだ。

テキヤには組織力がある。露店商の背後には多嘉原会長のような人がいるわけだ。それが、いわば抑止力になっている。

どんな連中がどんなクレームを言ってくるのかわからない。テキヤはそれに対処できるが、町内会ではどうだろう。

阿岐本も同じ疑問を感じているはずだが、それについては何も言わなかった。

「大木神主とはお親しいのですか？」

阿岐本の問いに、藤堂がこたえた。

「親しいというか……。地域の中にある神社ですので、それなりにお付き合いさせていただいております」

「大木さんについて、最近何か気になることはありませんでしたか？」

藤堂が怪訝そうに聞き返す。

「気になること？　どんなことです？」

「どんなことでもいいんです」

藤堂はしばらく考え込んでいたが、やがてかぶりを振った。

「いいえ、特に思い当たることはありません」

「そうですか」

阿岐本は、河合と山科を交互に見ながら尋ねた。「お二人はどうです？　何かご存じないですか？」

河合が、山科と顔を見合わせてから言った。

「別に気になることなんてないけど……」

山科が言った。

「俺たちは知らないけど……」

「俺たちは？」

阿岐本が尋ねた。「どなたか他の方なら、何かご存じだということですか？」

さすがにオヤジだと、日村は思った。大切なことを聞き逃したりはしない。

「原磯さんなら、何か知ってるかもしれない。なあ」

山科が河合に同意を求める。

河合は言った。

「さあな。俺にはわからない」

「だって、あんた、原磯さんとけっこう飲みに行ってるじゃないか」

「そんなに頻繁に行ってるわけじゃないよ。誘われたら、別に断る理由もないんで……」

そうだった。そもそも原磯から話が聞きたかったのだ。日村はそれを思い出した。

「ほう……」

阿岐本が尋ねた。「その原磯さんはどういう方ですか？」

山科がこたえた。

「連合会の役員でね。不動産屋ですよ」

河合が言った。

「私も世話になっている。アパートを持っているんでね」

河合も山科も、先ほどに比べてよくしゃべるようになった。阿岐本に対する警戒心が若干ゆるんだようだ。

おそらく、谷津があまりに恐ろしかったので、阿岐本への恐怖心が薄まったのだ。比較の問題で、彼らが阿岐本を受け容れたわけではないと、日村は思った。

「原磯さんなら、神社のことを何かご存じじゃないかと……？」

河合がこたえた。

「あの人、大木さんとよく飲んでいるんだよね、スナックとかで……」

「スナックですか」

「そうだな」

山科が言う。「あの二人はけっこう親しいみたいだな」

「でも……」

二人に促されるように、藤堂もしゃべりはじめた。「それ、最近のことじゃないですか？」

河合が何度かうなずく。

「そうそう。たぶん、ここ一、二年のことだね」

「アレじゃないの？」

山科が言った。「『梢《こずえ》』にアヤちゃんが来てから……」

「ああ、そうかもな」

阿岐本が尋ねた。

「その『梢』というのは……？」

「ああ。山手通りの向こうにあるスナックですよ。昔はマスターとママの二人でやっていたんだけど、アヤちゃんという若い子がバイトで入ってね」

「あ、原磯さんと大木さんは、それから『梢』に通いはじめたということですか？」

「いやいや」

河合がこたえた。「原磯さんは以前からその店の常連だったんだけど、大木さんがいっしょに行くようになったんだ」

「なるほど……」

「そう言えば……」

山科が言う。「原磯さんが、駒吉神社を訪ねるのを見たことがあるなあ」

阿岐本が訊いた。

「それは、いつのことです？」

「覚えてないけど、そんなに前のことじゃない。一年くらい前かなあ。そのときは別に、気にしなかったんだけどね。言われてみりゃ、ここ一、二年であの二人は急に親しくなったみたいだね」

阿岐本が時計を見て言った。

「あ、すっかり十二時を回っちまいましたね。お話をうかがえてよかったです。ありがとうございました」

「え……？」

藤堂が言った。「もうよろしいんですか？」

「はい。いろいろと教えていただいて助かりました」

河合と山科も肩透かしを食らったような顔をしている。

阿岐本は、田代にいとまごいをして本堂を離れた。

「さて、事務所に戻って飯にしよう」

日村は「はい」とこたえた。


車に乗ると、日村は言った。

「差し出がましいことをしました」

谷津が「署まで来い」と言ったときのことだ。

阿岐本は言った。

「まあいいさ。俺だってしょっ引かれるのはごめんだ」

「すみません」

「それより、大木さんが原磯って人と急に仲よくなったというのが、ちょっと気になるな」

「はい」

「山科さんは、スナックに新しいバイトが入ってからのことだと言ってたが、本当にそれが理由なのかが疑問だ」

「スナック『梢』に行ってみますか？」

「そうさなあ……。俺たちがあまりうろうろすると、また警察沙汰になりかねない」

「そうかもしれません」

「こういうときこそ、また、真吉の出番だろう」

「あいつを『梢』に行かせるということですね」

「何か聞き出してくれるだろう」

「承知しました。今夜にでも行かせましょう」

「それとな、原磯さんのことだ」

「会って話が聞けるように、段取りしましょう」

阿岐本はうなずいてから言った。

「事務所に戻ると、きっと甘糟さんが来てるだろうな」

「また谷津から連絡が行ったと……」

「当然行くだろう。谷津は俺たちを引っ張れなくて悔しい思いをしているから、誰かに八つ当たりしたいはずだ」

「甘糟さんがとばっちりを食うということですね」

「だからさ、丁寧にお相手してやんな」

「はあ……」

事務所に着くと、阿岐本が言ったとおり、甘糟がいた。今日は仙川係長もいっしょだった。

仙川係長の顔を見て、日村はうんざりした気分になった。

阿岐本は、「じゃあ、俺は部屋で昼飯にするよ」と言って、奥に引っ込んだ。

甘糟が言った。

「ねえ、また中目黒署管内に行ったんだって？」

日村はこたえた。

「はい。西量寺に行ってきました」

「二日続けて行くなんて、何か企んでいるとしか思えないよね」

「企んでなどおりません」

「また、ありがたい話を聞きにいったなんて言わないよね」

「ありがたいお話を聞きにいきました」

「町内会の役員と会ったんでしょう？」

当然、谷津から聞いているはずだと思っていたので、日村はこの言葉にも驚かなかった。

「お目にかかりました」

「何の用で会ったのさ」

「それは私の口からは言えません。うちの代表に訊いてみますか？」

「いいよ。親分になんて会いたくないから……」

「おい、何を言っている」

仙川係長が言った。「せっかく組長に会わせてくれると言ってるんだ。会ってみりゃいいじゃないか」

甘糟が慌てた様子で言った。

「今会ってもシラを切られるだけです。もっと、証拠固めをしないと……」

「谷津が知らせてくれたことが証拠だよ。こいつらは目黒区の寺まで行っていったい何をするつもりだったのか……。何が何でも聞き出すぞ」

日村は仙川係長に言った。

「谷津さんから何か言われましたか？」

たちまち仙川係長の目がつり上がる。

「おまえらのせいで、さんざん厭味を言われたんだ。くそっ、腹が立つ」

「何を言われました？」

「おまえの知ったことか」

「谷津さんって、嫌なやつでしたね。さぞかし、係長さんに対して失礼なことを言ったんでしょうね」

「だから、そんなこと、おまえには関係ないだろう」

「関係ないことはありません。私らのせいで何か嫌なことを言われたのでしょう？　係長さんに対して礼儀を知らないやつです」

何度も「係長」を強調しているうちに、仙川の態度が軟化してきた。

「谷津は、おまえらが管内に現れるたびに連絡を寄こすんだ」

「もしかしたら、仙川係長さんを妬んでいるのかもしれませんね」

「妬んでいるだって？」

「谷津さんって、まだ巡査部長なんでしょう？　仙川係長さんは、出世が早いから……」

「いやいや、私なんて出世は遅いほうだよ」

「これからどんどん出世のペースが上がっていくんじゃないですかね」

「だから、そのためにもおまえらの協力が必要なんだよ。寺で町内会の役員と会って、何をしていた？」

「情報収集です」

「情報収集？　何の情報だ」

日村は、仙川係長がどこまで知っているのか探りを入れることにした。

「谷津さんから、何か聞いてないんですか？」

「谷津は、地元の組をちゃんと教育しておけと言っただけだ」

「町内会の人たちがどんなことを言ったか、谷津さんは言わなかったのですか？」

「そんなことは言ってない。あいつは電話をかけてきて、あんたらの素性を確認した。そして、さっきの言葉を吐いたわけだ」

「ちゃんと教育しておけと……」

「そうだ」

「それはご迷惑をおかけしました」

「ほんと、迷惑だよ」

「谷津さんに何か訊かれたんですか？」

「だから、おまえらの素性とか、阿岐本組についてとか……。あ、いや、ちょっと待て」

「は……？」

「危ない危ない。危うくはぐらかされるところだった。質問しているのは俺たちなんだ。目黒区の西量寺で、あんたらがいったい何をしていたのか、聞かせてもらおうか」

日村は言った。

「昨日から申し上げておりますが、話を聞いていただけです」

甘糟が割って入った。

「昨日も住職からありがたい話を聞いていたそうだけど、また、同じ話を聞きにいったってこと？」

「ええ、まあ……」

「今回は、町内会の人たちもいっしょだったんでしょう？」

「町内会の人たちも、住職のありがたい話を聞いたんです」

仙川係長がふんと鼻で笑った。

「甘糟ならそれで済んだかもしれないけど、相手が私だとそうはいかない」

「でも、本当のことですから」

一瞬懐柔されかかった仙川係長が、再び険しい表情になった。怒りが再燃してきたのだろう。こいつは腹を据えてかからなければならないようだ。オヤジが「丁寧にお相手してやんな」と言っていた。

日村は覚悟を決めることにした。

9

さて、どうやって仙川係長の追及をかわしてやろうか。

日村がそう考えていると、インターホンのチャイムが鳴った。

応対した稔が言った。

「永神のオジキです」

「オジキ？」

そう聞き返したのは仙川係長だった。

日村はこたえた。

「はい。甘糟さんはご存じですよね」

「阿岐本組長と五厘下がりの盃を交わしてる兄弟分です」

「つまり、阿岐本の舎弟ということか」

その永神が事務所に入ってくると、仙川係長の顔色が悪くなった。

阿岐本組の組員たちに比べると、永神は格段に「らしい」恰好をしている。見るからに恐ろしいのだ。

永神が仙川係長と甘糟を見て、日村に尋ねた。

「お客さんかい？」

「北綾瀬署の仙川係長と甘糟さんです」

「おう。そりゃごくろうなこって……」

仙川係長の顔色がますます悪くなる。甘糟も嫌な顔をしている。

仙川係長が、強気な態度で言った。

「何の用があってここに来たんだ？」

永神がこたえた。

「何の用って……。兄弟分に会いにきちゃいけねえんですか？」

「何かを共謀する疑いがある」

「ただ世間話をするだけですよ」

「そんな言い訳が通用するか」

「言い訳なんかじゃありませんよ。俺はアニキに会いにきただけだ。それを邪魔する権利が警察にあるんですか？」

「組員が五人以上集まることを禁止している」

「そりゃ、特定抗争指定暴力団の話でしょう。俺の組はまあ、指定団体の枝の枝だが、阿岐本組は指定団体ですらねえ」

「ヤクザはヤクザだ」

「そいつは言いがかりってもんですよ。言いがかりは俺たちの専売特許なんですがねえ……」

「ここで埒が明かなかったら、署で話を聞くことになるぞ」

「え……。何もしてないのに、引っぱられるんですか？　そりゃ違法捜査ってやつじゃないんですか」

「暴対法でどうとでもできるんだよ」

無茶な話だと日村は思ったが、今や実際にそういうことになっているようだ。シノギもままならなくなった組が次々と解散している。

暴力団が解散したからといって、ヤクザやチンピラがいなくなるわけではない。そいつらは、それぞれに悪さをするようになる。

つまり、地下に潜《もぐ》るわけだ。警察ではその実態をつかむことはできない。警察は自分で自分の首を絞めているようなものだ。

さらに、歌舞伎町などでは暴力団の睨みがきかなくなったことで、悪質なホストクラブが増えたり、家出した子供たちがたむろして、ひどく環境が悪化しているという。

だが、これはヤクザの言い分なので、世間が耳を貸すことはないだろう。

そのとき、奥の部屋の扉が開いた。

「何の騒ぎだい？」

阿岐本が顔を出した。

永神が言った。

「アニキ。ちょっとご機嫌伺いに寄ったんだが……」

「そちらにおいでなのは、仙川係長と甘糟さんだね。じゃあ、こっちにお入りよ」

「失礼するよ」

永神が奥の部屋に向かう。

阿岐本がさらに言った。

「誠司。警察の方々をご案内して、おめえも来な」

「はい」

日村は仙川係長に言った。「では、参りましょう」

「奥の部屋って、組長室のことだな？」

「代表の部屋です」

甘糟が言った。

「俺、勘弁してほしいな」

日村は言った。

「では、お帰りになりますか？」

そうしてくれると助かる。

仙川係長が甘糟に言った。

「ばかを言うな。組幹部が集まるんだ。共謀の実態をつかむ、またとないチャンスじゃないか」

虚勢を張っているのだろう。あるいは、よほど手柄を立てたいようだ。

日村は二人を奥の部屋に連れていった。

すでに永神と阿岐本が向かい合って来客用のソファに座っている。

阿岐本が仙川係長たちに言った。

「どうぞ、お掛けください」

仙川係長は永神の横にどすんと腰を下ろし、甘糟はすっかり小さくなってその隣に腰掛けた。

日村は阿岐本の脇に立った。

「アニキ。元気そうで何よりだな」

「おめえもな。仕事のほうはどうだ？」

「ぼちぼちだな」

ごく当たり前の挨拶だが、さすがに組長とその兄弟分だ。日村でさえ圧倒されそうな迫力がある。

「またとないチャンスだ」などと言っていた仙川係長だが、奥の部屋の威圧感がただごとでないことに、ようやく気づいた様子だ。

甘糟などはすっかりびびっている。

「ところで、甘糟さん」

阿岐本が言った。「昨日今日と立て続けにいらしているようですが……」

「あ、はい……」

「私らにできることがあれば、何なりとおっしゃってください」

甘糟に代わって仙川係長が言った。

「目黒区のほうに出掛けているだろう。その理由を知りたいんだ」

阿岐本は日村に尋ねた。

「お話ししていないのかい」

「西量寺の住職から、ありがたいお話をうかがっているのだとお伝えしました」

阿岐本は仙川係長に言った。

「それじゃ納得できないとおっしゃるわけですね？」

「当然だろう。何を企んでいるのか知りたいんだ」

「何も企んではおりません」

「じゃあ、何で目黒区なんかに出掛けていくんだ？」

「発端は、この永神がさる人物を連れてきまして……」

「さる人物……？」

「テキヤの親分です」

日村は驚いた。そこまで話をするのか。オヤジはどういうつもりなのだろう……。

阿岐本の話が続く。

「駒吉神社という小さな神社がありまして。そこの縁日からテキヤが締め出されるんだという話で……」

「縁日にテキヤをネジ込もうという魂胆か？」

「そいつはもういいんです。暴対法やら排除条例やらでどうしようもありません。ただ、話をうかがうと、地域でいろいろと問題があるようなので……。駒吉神社だけでなく、近くにある西量寺というお寺では、鐘が騒音だと苦情を言われているらしい」

「それで？」

「それだけです。本当に話を聞いているだけなんです」

「問題があるところに介入して金儲けをするのが、暴力団の常套手段だよな」

「金儲けをする気はありません。こんなことで金を稼げるほど世の中甘くありませんよ」

仙川係長は、質問することがなくなったのか、しばらく黙り込んだ。すると、今にも失禁しそうなほど怯えている甘糟が言った。

「係長、そろそろ引きあげましょう」

仙川係長はその言葉に抗《あらが》わなかった。おそらく、彼も帰るきっかけを探していたのだろう。

「今日のところはこれで引きあげるが、また話を聞きにくるぞ」

仙川係長の言葉に阿岐本はほほえんだ。

「いつでもどうぞ」

仙川係長と甘糟がそそくさと部屋をあとにすると、永神が言った。

「あんなこと、警察にしゃべっちまって平気なのかい？」

日村も同じ気持ちだった。

阿岐本がこたえた。

「なに。隠し事をしたりごまかしたりするとさ、警察ってのはムキになるからね」

「しかし、寺の鐘に苦情が出ているって、マジな話なんだな」

「ああ、そうらしい」

「世も末だな……」

「で、駒吉神社の件は？」

「ああ。氏子《うじこ》が減って、境内の補修もままならない様子だね」

「西量寺の田代さんも、檀家が減ってたいへんだとおっしゃってたね」

「神社の氏子が減るのは、寺の檀家より深刻だろう」

日村は思わず尋ねた。

「そうなんですか？」

それにこたえたのは、阿岐本だった。

「そりゃそうだ。寺の檀家ってのはお布施払ったりするくらいで、寺の援助をしているだけだが、氏子は神社を維持していくものだからな」

「はあ……」

日村は今一つ、その違いがぴんとこない。

「おめえ、突っ立ってないで、座んな」

「はい」

今まで仙川係長が座っていた席に腰を下ろした。

「氏子は、氏神さまを信仰する人たちのことだ。もともとは氏子が神社を作って神様を祀ってたんだな。村の鎮守さまとかさ……。だから、今でも多くの神社は、氏子の寄進なんかで経費をまかなっているわけだ」

永神が補足する。

「厄払いや家を建てるときのご祈禱で収入を得ているが、名も無い地域の神社じゃそんなに収入はない」

「へえ……」

阿岐本が言う。

「おおざっぱに言えばさ、寺は坊さんのものだが、神社は氏子のものなんだ」

「でも……」

日村は尋ねた。「神社の土地とか建物の権利は、神職が持っているんでしょう?」

「現代ではそういうことになっているな」

永神が言った。「だが、神職の好き勝手にはできねえんだ。なんせ、アニキが言ったように、本来神社は氏子のものだからな」

阿岐本が訊いた。

「最近じゃ、境内にマンションを建てる神社もあるって聞いたことがあるが、そういうときも氏子の意見を聞くわけだな」

「個別に話をしていちゃたいへんなんで、そういうときは、氏子総代が氏子の意見を取りまとめるらしい」

「氏子総代？　氏子の代表だね？」

「ああ。氏子寄合なんかで選ばれるらしいが……」

「駒吉神社の氏子総代は誰なんだい？」

「不在らしい」

「不在？」

「ああ。長いことつとめていた人が亡くなって以来、その座は空席のようだ」

「ふうん……」

阿岐本は日村のほうに眼を向けて言った。「真吉に、その辺のことも調べるように言っておけ」

「はい」

永神が尋ねた。

「真吉？　地元で何か調べさせるのか？」

「駒吉神社の神主さんが、地元のスナックに通っているっていうんでね……」

「まさか、強請《ゆす》りのネタでも探そうっていうんじゃないだろうな」

「おめえじゃあるまいし」

「人聞きの悪いことを言わないでくれよ。俺はビジネスマンだよ」

「俺はね、神主さんを心配してるんだよ」

「わかった。俺は引き続き、神社のことを調べてみる」

「ああ、頼むよ」

永神が引きあげると、日村は真吉に、スナック『梢』に行くように命じた。

「神主の大木と、町内会の原磯ってやつの関係を調べるんだ」

「二人の何を調べればいいんです？」

「どんなことでもいい。できるだけいろいろ聞き出せ」

「わかりました」

「それから、オヤジが原磯と会いたいそうだ。段取り組んどけ」

「はい」

真吉はすぐに出かけた。

まだスナックが開店するような時間ではないが、それは真吉が考えることだ。

一息つこうと、日村がいつものソファに腰を下ろしたとたんに、携帯が振動した。相手は西量寺の田代住職だ。

「はい、日村です」

「電話しようかどうしようか、迷ったんだけどね」

「どうかしましたか」

「なんか、住民が暴力団追放の運動を始めたみたいで……」

珍しいことではない。

「どんな様子なんです？」

「寺の前に何人か集まって、プラカードや横断幕持ってて……」

「危険はないですか？」

「みんな近所の人だしねえ。危ないことはないけど……」

「わかりました。折り返し連絡します」

「ああ、すまんね」

電話が切れると、日村は立ち上がり、奥の部屋のドアをノックした。

「日村です」

「入《へえ》んな」

「失礼します」

入室すると日村は、田代からの電話の内容を伝えた。

「追放運動か……」

阿岐本の表情は変わらない。

「どうします？」

「どうしますって、どうしようもねえだろう」

「自分らのせいで西量寺に迷惑がかかったわけですよね」

「何でもかんでも背負い込むなよ」

「自分が行ってみます」

「ばか言え。おまえがのこのこ顔を出したら、火に油だ。おとなしくしてろ」

「せめて、様子を見にいかせてください」

「行ってどうにかなる問題じゃねえぞ」

「放っておくわけにはいきません」

阿岐本はしばらく考えてから言った。

「何もするんじゃねえぞ」

「承知しております」

「できるだけ目立たないようにして、田代さんと会ってこい」

「はい」

「稔に言って車を出させろ」

日村は礼をして部屋を出ると、すぐに出かける準備をした。

稔はすでに西量寺までのルートがすべて頭に入っているようだ。ナビの必要もない様子だった。

日村は車の中から田代に電話をした。

「追放運動の人たちは、まだいますか？」

「ああ、いるね」

「何かお話をなさいましたか？」

「話？　してないよ。こっちはいつものお勤めをしてるだけだ」

「今、そちらに向かっています」

「え？　来るのか？」

「様子だけでも見ようと思いまして」

「連中に見つからないようにしたほうがいいな……」

「心得ています。では……」

日村は電話を切ると、稔に言った。

「寺の前に暴力団追放運動の人たちがいるらしい。見つからないように、離れたところに停めてくれ」

「わかりました」

稔は、寺の前にいる連中から死角になる絶妙な位置に車を停めた。

日村は車を降りて、用心深く西量寺に近づいた。なるほど、寺の前に何人かいる。思ったより人数は少なかった。

全部で六人だ。白髪の老人と主婦らしい中年女性たちだ。

プラカードが一枚、サラシみたいな布にマジックで字を書いた横断幕が一枚、それだけだ。

主婦たちは井戸端会議の様相だ。白髪の老人は手持ち無沙汰の様子で突っ立っている。

日村は車に戻り、田代に電話した。

「今、様子を見てきました。総勢で六人ですね」

「ああ、そのうち二人は、河合さんと山科さんの奥さんだよ」

「じゃあ、ご主人から話を聞いて……」

「そういうことだと思うが、事情は聞いてない」

「何か、我々にできることはありますか？」

「そうだな……。連中、たぶん五時くらいには引きあげるから、誰もいなくなったら、本堂に来てくれ」

「五時に引きあげる……？」

「ああ。夕食の仕度とかあるだろう。夕方には帰宅するはずだ」

「なるほど……」

追放運動といってものどかなものだと、日村は思った。

「わかりました。うかがいます」

日村は電話を切った。

すると、稔が言った。

「駐禁切られたり、不審がられたりしないように、車を移動させます」

「任せる」

日村は、後部座席でしばしくつろぐことにした。

10

田代が言ったとおり、午後五時にはもう追放運動の人たちはいなくなっていた。

日村は周囲に気を配りながら、本堂を訪れた。

田代が待っていた。

「やあ、わざわざすまんね」

「いえ、もとはと言えば、自分らがここにやってきたせいですから……」

二人は本堂の床で対座した。

「気にせんでいいよ」

田代は言った。「暇な連中がやっていることだから。ただな……」

「ただ？」

「あの人たちは、鐘に文句を言うのとは別の層だ」

「クレームをつけるのは、マンションやアパートに住む、新しい住民だということですね」

「そう。そして、今日集まっていたのは、昔からこのあたりに住んでいる連中だ。この町を守ろうという気持ちが強いんだ。今まで、新しい住民と古い住民は水と油だったんだが、何かのきっかけでその二つがいっしょにならんとも限らん」

「そのきっかけが、今回の暴力団追放運動だと……？」

「その可能性があるということだ」

「つまり、鐘にクレームをつけていた人々と暴力団追放運動の人々がいっしょになってこのお寺に対する攻撃を始めるということでしょうか」

「最悪、そうなるね」

「それはえらいことですね……」

「なに、そんなことになっても、私は戦うよ。断固戦う」

「なんか、楽しそうですね」

「そうかい？」

「いずれにしろ、私らは姿を見せないほうがいいですね」

「いや、理不尽な追放運動に屈するわけにはいかない。親分さんとは話が合いそうなので、ぜひともまたお会いしたい。いつでも来てくれと伝えてほしい」

この和尚はなかなか過激だということがだんだんわかってきた。

「わかりました。伝えておきます」


午後五時五十分頃に事務所に戻り、日村はすぐに阿岐本に報告した。

「そうかい。いつでも来てくれとおっしゃったんだね」

「はい」

でも、行かないほうがいい。それは、阿岐本にもわかっているはずだ。日村はそう思った。

「鐘の音にクレームを付けているような連中と、暴力団追放運動が一つになる、か……。おめえ、どう思う？」

「はあ。そうなれば、えらいことだと……」

「なんか、見たところじゃ警察は当てになりそうになかったしな」

「……というか、警察は暴力団追放運動の味方でしょう。なんだか、ややこしいことになってきました」

「そうかい？」

「そう思いますが……」

「話はわかった」

「あの……」

「何だ？」

「住職に会いに行かれますか？」

「おめえは行くなと言ったのに、様子を見に行ったんだ。俺に行くなとは言えねえだろう」

「はい……」

「そんな顔するな。心配はいらん。今んところ行く気はねえよ」

日村は、少しだけほっとして部屋を出た。

ソファに戻ろうとしたら、インターホンのチャイムが鳴り、稔が日村に告げた。

「香苗《かなえ》です」

坂本《さかもと》香苗は、近所に住む高校生で、なぜかたまに事務所にやってくる。

「しょうがないな……」

日村は言った。「開けてやれ」

稔が解錠すると、ドアが勢いよく開いて、香苗の声が響いた。

「こんにちはー」

日村は言った。

「おい、ここへ来ちゃいけないと、いつも言ってるだろう」

「どうして来ちゃいけないの？」

「ここがヤクザの事務所だからだ。興味本位で来るようなところじゃない」

普通の一般人は恐ろしがって近づかない。どうして香苗がここに来たがるのか、日村には理解できない。

香苗が言った。

「今日は一人じゃないんだ」

「おい、友達でも連れてきたんじゃないだろうな」

「違うよ」

香苗に続いて事務所に入ってきたのは、白髪を短く刈った老人だった。

日村は思わず立ち上がっていた。品のあるたたずまいは、ホテルマンか何かのようだが、妙に貫禄があった。

「お初にお目にかかります」

老人は言った。「孫の香苗がいつもお世話になっております」

「あ……」

日村は言った。「おじいさんですか。日村と申します」

「坂本源次《げんじ》です」

「たしか、喫茶店のマスターでしたね？」

「はい。親分さんには、昔からご贔屓《ひいき》にしていただいております」

香苗が言う。

「今日は、おじいちゃんがいれたコーヒーを持ってきたんだ」

坂本源次が保温ポットを差し出す。

「よろしければ、みなさんでお召し上がりください」

稔がそれを受け取る。

日村は礼を言って、来客用のソファに座るように言った。

「いえ、私はこのままでけっこうです」

「客に茶も出さないとあっては、我々の恥になりますんで」

坂本源次はほほえんだ。

「喫茶店の店主に茶をお出しになるんで……」

日村は笑みを返す。

「相手が誰でもお出しします」

そのとき、奥の部屋のドアが開いて、阿岐本が出てきた。

「いやあ、源さんのコーヒーがここで飲めるなんてうれしいねえ」

「阿岐本の親分。ご無沙汰しております」

「代わりに、香苗ちゃんが顔を見せてくれる。さあ、奥に来てくれ。誠司、お連れしろ」

「はい」

源次を誘い奥の部屋に行くと、香苗もついてきた。

源次と香苗が並んでソファに座る。源次の向かい側に阿岐本が腰を下ろし、例によって日村は立っていた。

「おう、誠司。おめえも座れ」

そう言われて、阿岐本の隣に座った。

源次がかしこまった様子で言う。

「コーヒーだけお届けするつもりでした」

すると阿岐本が言った。

「俺に会わずに帰るなんざあ、水くせえじゃねえか」

「息子があんなことをやっていますんで、親分に合わせる顔がありません」

源次の息子、つまり香苗の父の坂本孝弘《たかひろ》は、地域の暴力団追放運動の中心人物だ。

香苗が組事務所にやってくるのも、もしかしたら父親に反発してのことなのかもしれない。

日村はそんなことを思っていた。

「世の中の趨勢《すうせい》は暴力団追放だよ」

阿岐本が言った。「そりゃあ、しょうがねえことだ。俺たちみてえのが近所にいりゃあ、落ち着かねえだろうからね」

「私たちが迷惑を被ったというのなら仕方がないと思いますよ。でも、阿岐本組からそんな目にあったことは一度もない」

「俺たちみてえのがいるだけで迷惑なんだよ。それはよくわかる。でもね、出ていけと言われても、俺たちゃ他に行くところがねえんだ。俺一人ならどうにでもなる。けど、そうなりゃ、この日村や若い衆が食っていけねえ」

「わかってますよ」

「食うに困ると、人間何をするかわからねえ。盗っ人ならまだしも、こいつらは生来乱暴者だからね。人様を殺《あや》めたり傷つけたりするかもしれねえ」

「はい」

「おっと。つい愚痴になっちまったな。源さんにこんなことを言っても始まらねえ」

「阿岐本組の人は怖い人だと、みんな言うけど」

香苗が言った。「本当に怖いのは、自分のことしか考えていない人だと思う」

阿岐本は笑みを浮かべた。

「さすが、源さんの孫だねえ。お嬢はかしこい」

「任侠って、人のために生きるってことでしょう。それ、大切なことだと思う」

香苗の言葉に、阿岐本は自分の頭をつるりと撫でた。

「そう言われると、耳が痛《いて》えな。ちゃんと任侠やれてるかって訊かれると、申し訳ねえと思っちまう。若い頃は人様のためどころか、ずいぶん迷惑をかけちまった」

「今は違うでしょう？」

「どうだろうね。違うと思いたいね」

「親分……」

源次が言った。「矛盾していることを言うようですがね、私も暴力団はいなくなったほうがいいと思う。でもね、阿岐本組がいなくなったら淋しいんです」

「そう言っていただけるだけでありがてえ」

健一がコーヒーカップを四つ運んで来た。源さんが持ってきたポットの中のコーヒーだ。

それを味わうと、阿岐本が言った。

「うまいねえ。源さん、この味だけはいつまでも変わらずにいてほしいもんだね」

「でも、私もいつまで生きているかわかりません。店も存続できるかどうか……」

「だいじょうぶ」

香苗が言った。「コーヒーも店も私が受け継ぐから」

その言葉は、おそらく香苗が自分で思っているよりも、ずっと強く日村の心を打った。思わず、目頭が熱くなるくらいに感動したのだ。

失われようとするものを、若い世代が守ろうとしている。それが妙にうれしかった。

「源さん」

阿岐本が言った。「お嬢たちがいれば、俺たちは安心して消えていけそうだな」


翌朝、日村は十時に事務所に行き、真吉からスナック『梢』の報告を受けた。

「原磯俊郎は、もう何年も前からの『梢』の常連らしいです。町外れのスナックって、常連でもっているようなもんですよね」

「駒吉神社の大木神主は？」

「こちらは一年ほど前から通うようになったみたいです」

「新しいホステスが入ってから通いはじめたという話だが……」

「ホステスというよりバイトですね。津村綾乃《つむらあやの》、二十四歳。店ではアヤという名です。大木さんは、アヤが気に入って通いはじめたんですね」

このあたりは、町内会の連中の話と矛盾しない。

「じゃあ、『梢』で大木さんと原磯がいっしょに飲むようになったのは、偶然というわけか？」

「いや、そうでもないようです。アヤがバイトを始める前にも、大木さんは原磯に連れられて何度か『梢』に来ていたらしいですが、アヤが入ってから急にいっしょに来る頻度が増えたということです。俺が思うに、原磯はアヤをダシに使って大木さんを飲みに誘っていたんじゃないかと思います」

「その言い方はちょっと気になるな。原磯に何か魂胆があって大木さんと飲んでいるように聞こえるぞ」

「これ、アヤから聞いたんですが、原磯はどうやら駒吉神社の氏子総代になりたいらしいです」

「氏子総代に？　そりゃご苦労なこったな。そういうまとめ役は、苦労ばっかり多くて、何の得にもならなそうだがな……」

「何か思惑があるんじゃないですかね」

「原磯は不動産業だということだな？」

「ええ。そうです」

「町内会でも発言力があると聞いた」

「アヤもそう言ってました。大木さん以外の人とも『梢』に飲みに来るようですが、リーダー気質というか、人の上に立ちたがるタイプだということです」

「ふうん。町内会長の座も狙ってたりするのかな……」

「その必要はないんじゃないですか」

「必要ない？」

「町内会長は持ち回りのようです。それより、陰で会長を操《あやつ》るような立場になったほうがいいということです」

しばらく考えて、日村はかぶりを振った。「町内会で実権を握ったり、神社の氏子総代になったりしたところで、何の益もないはずだ。普通の人はそんなことは考えない」

「でも、『梢』で聞いたところによると、明らかに原磯はそういう動きをしています」

「人がやりたがらないことを進んでやる、ただの奇特な人なのかもしれない」

真吉は肩をすくめた。

「自分にはそのあたりのことはわかりません。直接、原磯から話を聞いたらどうでしょう」

「……で、オヤジと会う段取りは？」

「本人に話は通してないんですが、だいたい週末は飲みに来ると、アヤが言ってました」

「今日は土曜日だな。『梢』は土曜日もやっているのか？」

「ええ、やってます」

「わかった。オヤジに話してみる」

日村はすぐに奥の部屋を訪ねた。

真吉の話を伝えると、阿岐本は言った。

「そうかい。じゃあ、今夜あたり、『梢』に顔を出してみるか」

「真吉に、アヤと連絡を取らせましょう。原磯が飲みに来るなら知らせてくれるように……」

「店の人がわざわざ知らせてくれるか？」

「真吉なら、それができます」

相手が女性なら、必ず真吉の役に立とうとする。

阿岐本はうなずいた。

「そうだな。そうしてくれ」


部屋を出て、真吉に原磯の件を命じた。

真吉は事も無げに「わかりました」とこたえた。

そのとき、日村の電話が振動した。また、西量寺の田代からだ。

「どうしました？」

「ああ、電話しようか迷ったんだがね……」

「いちいち迷わなくてもいいです。何があったんです？」

「抗議デモの人数が一気に増えてね……」

「暴力団追放運動の、ですか？」

「ああ。暇つぶしに集まっているくらいに思っていたんだが、ちょっと考えが甘かったかもしれん」

「何人くらいいるんですか？」

「二十人くらいに増えてるね。今日は土曜日だし、勤めが休みの人なんかが朝から参加しているらしい」

「二十人となれば、ちょっとした集会ですね。ちゃんと届け出をしてるんでしょうか？」

「届け出？」

「無届けデモなら、たしか東京都公安条例違反ですから、警察が取り締まることになります」

「詳しいね」

「警察とはいろいろと関わりがありますから」

「あ……」

「どうしました？」

「警察が来た。例の二人だ」

いつも西量寺にやってくる地域課の二人だろう。

「どんな様子です？」

「解散させようとしているようだが、住民たちは抵抗している様子だね。騒ぎがこれ以上大きくならないうちに、俺が解散するように説得しようか……」

「住職は顔を出さないでください。騒ぎが余計に大きくなります。警察に任せたほうがいい」

「あの警察官たちは、うちの寺に反感を持っている様子だったから、任せていいものやら……」

「無届け集会なんだから、解散させるしかないでしょう。指示に従わなければ検挙するはずです」

「とにかく、様子を見てみよう。また連絡する」

電話が切れた。

日村は、また奥の部屋を訪ねて、阿岐本に抗議集会のことを告げた。

阿岐本はうなった。

「ほう、二十人も集まったのか。そりゃたいしたもんだね」

「感心している場合じゃないと思います」

「様子を見に行きてえんだろう？」

「ええ、気になります」

「わかった。俺もいっしょに行こう」

日村は驚いた。

「いや、自分だけでいいです。警察も来てるってことですから、危険です」

「おめえは本当に心配性だな。いいから、稔に車の用意をさせろ」

阿岐本は立ち上がった。

11

稔はまたしても、車を絶妙な位置に停めた。車内から山門の前の様子は見えるが、向こうからはこちらが見えにくい。

助手席の日村は言った。

「たしかに、ずいぶん人が増えていますね」

阿岐本が、後部座席から言った。

「昨日はたしか、六人だったな？」

日村は「はい」とこたえた。

「その中に、河合さんと山科さんの奥さんがいたんだね？」

「田代住職はそうおっしゃっていました」

「今日もいるかい？」

日村は、集まっている人々を観察した。

「昨日と同じ中年女性がいますね」

日村は若い頃に、人の顔を覚える訓練をした。稼業ではそれが必要なのだ。

親戚筋の偉いさんの顔をしっかり覚えていないととんだ騒動になりかねない。失礼は許されないのだ。対立組織の連中の顔を覚えていないと命に関わる。

また、人の顔と名前を覚えることで、それがシノギにつながることもある。

「あの二人が、河合さんと山科さんかな」

「おそらくは……」

「ふうん……」

「昨日はなかったプラカードがあります」

「どんなプラカードだ？」

「『騒音止めろ』というプラカードです」

「鐘の音にクレームをつけている連中だな」

「そうだと思います。田代住職が恐れていたことが現実になりつつあるのかもしれません」

「鐘の音にクレームをつけている連中と暴力団追放運動を始めた連中、新旧住民がいっしょになって西量寺を責め立てるというわけか」

「はい。田代住職は、それを恐れておいでのご様子でした」

阿岐本は黙り込んだ。何か考えている様子だ。

日村は言った。

「それで、どうします？」

まさか、二十人もの暴力団追放運動の人々の前に姿を現すようなことはしないだろうな……。

日村はそれを心配していた。

阿岐本が言った。

「飯にしようじゃねえか」

「飯ですか?」

「ああ、昼飯だ。こないだの鮨屋がいいな」

「わかりました」

日村がうなずきかけると、稔は車を出して大通りの鮨屋に向かった。

先日同様に、まず稔のための弁当を握ってもらい、その後、上にぎり二人前をもらった。

鮨をつまみながら、阿岐本が言った。

「騒音問題に、追放運動か……。田代さんは、さぞお困りだろうね」

「それがですね」

日村は言った。「戦う気まんまんなんです」

「戦う気まんまん?」

「ええ。理不尽なことには屈しないと……」

「あの人は、時代が違ったら、立派な活動家になったかもしれねえな」

「はあ……」

鮨を食べ終えると、阿岐本が言った。

「さて、寺に戻ってみようか」

「え……?」

日村は、恐れていたことが起きたと思った。「追放運動の人たちの前に、我々が姿を見せるとまずいでしょう」

「まあ、とにかく行ってみよう」

「いや……。また警察が来ますよ」

阿岐本はかまわずにさっさと店を出ていく。日村は勘定を済ませて車に乗り込んだ。

稔がすぐに車を出す。すでに、阿岐本から行き先を聞いているようだ。

これ以上、オヤジに逆らうわけにはいかない。日村は、何が起きようと腹をくくるしかないと思った。

稔は先ほどと同じ場所に車を停めた。

「あれ……」

日村は思わず声を洩らした。「追放運動の人たちがいません」

山門の前には誰もいない。「警察が解散させたんでしょうか……」

阿岐本が言った。

「土曜日だから、半ドンなんじゃないのか?」

「半ドンですか」

今どき、半ドンは死語だろう。

日村は稔に尋ねた。

「おまえ、半ドンって知ってるか?」

「いいえ。何ですかそれ」

阿岐本が説明した。

「昔、土曜日は、学校とか役所とかが午前中だけだったんだ。それを半ドンって言ったんだ」

「え？　土曜日、休みじゃなかったんですか？」

「昔の日本人は、よく学び、よく働いたんだ。土曜日だって学校に行ったし、出勤していた。午後が休みになるだけでもありがたかったんだよ」

「へえ……。でも、どうして半ドンって言うんですか？　ドンって何です？」

それは日村も知らなかった。

阿岐本がこたえる。

「ドンはな、ドンタクのドンだ」

「ドンタク……？」

稔は何のことかわからない様子だ。日村は尋ねた。

「博多どんたくのドンタクですか？」

「そいつも同じ語源らしい。ドンタクってのは、休みって意味だ。もともとはオランダ語のゾンタークだって話だが……」

「オランダ語……」

オヤジはやはり物知りだと、日村は感心した。

「追放運動の連中も半ドンだろうとおっしゃいましたね？」

日村が言うと、阿岐本は苦笑した。

「言葉のアヤってやつだよ。別に半ドンなわけじゃねえだろうけど、土日はみんな、家族サービスだの何だの、用事があるんじゃねえのか？」

「追放されるかどうか、自分らにとっては死活問題じゃないですか。運動するほうも、もっと真剣にやってほしいですね」

「そう言うなよ。人様にはそれぞれ都合ってもんがあるんだよ。さて、誰もいなくなったから、住職に会ってこようか」

阿岐本が車を降りたので、日村もそれに続いた。

山門の周囲に見張りでもいるのではないかと警戒したが、それらしい人影はない。

阿岐本は、堂々と山門をくぐる。日村は周囲を見回しながら、阿岐本についていった。

本堂に近づくと、庫裏のほうから田代住職がやってくるのが見えた。

「親分さん、来てくれたんですか？」

「追放運動の人数が増えたって聞きましたんでね」

「まあ、本堂のほうに、どうぞ」

三人は、本堂に上がり、床に座った。日村は正座をしたが、田代住職から「膝をお楽に」と言われ、阿岐本にも「そうしな」と言われたので、あぐらをかいた。

阿岐本が田代に言った。

「私らに気づいて庫裏から出てこられましたね。追放運動の人たちを見張っていたんですか？」

「時々様子を見ていました」

「誠司から聞いたんですが、どうやら鐘の音にクレームをつけている連中も合流したようじゃないですか」

「そうらしいですな。じゃないと、あの人数にはならんでしょう」

「そいつはえらいことですね」

「えらいことだろうが何だろうが、俺は戦いますよ」

「ほう。戦いますか」

「ええ、理不尽な圧力に屈するわけにはいきません」

「追放運動なら、私ら慣れています」

「親分さん。それじゃだめだ。いいですか？　親分さんたちは何も悪いことをしていないんだ。俺の寺から追放される理由はないんだ」

「このご時世ではそうも言ってられないんです。暴対法や排除条例ができて以来、一般市民は私らを、すべての場所から追い出すことができるんです」

「神社の縁日からテキヤを追い出したように……？」

「そうです。まあ、私らの同業者がずいぶん悪さをしましたから、それも仕方のないことですが……」

「いや。俺は納得いかない。悪さをした連中を取り締まればいい。何も悪いことをしていない親分さんたちを追放しようとするのは、やっぱり間違いだ」

「住職。そう言っていただくのはありがたいですが、私らは渡世の義理で、いつ住職に悪さをするかわからないんです。ヤクザってのは、そういうモンです」

「そんなのは、坊主だって似たようなもんです。とにかく、俺は戦いますよ」

「追放運動のほうは、まあよしとして、鐘の音のクレームのほうはそうもいかんでしょう。なんせ、役所や警察が味方してるんでしょう？」

「ええ。警察の有様をごらんになったでしょう。警察も俺の寺を目のかたきにしている」

「長いものには巻かれたほうがいいんじゃねえですか？」

「何度も言いますがね、鐘を鳴らすのはご先祖の供養のためです。寺に供養をやめろなんて言う権利は、誰にもありません。罰《ばち》当たりもいいところだ」

「追放運動と鐘の音のクレームが結びついて、寺への圧力がどんどん大きくなるかもしれません」

「燃えますね」

「燃えますか……」

「ええ。圧力が大きくなればなるほど、戦い甲斐があるというものです」

「お一人で戦うのですか？」

「え……？」

田代は不意をつかれたように目を丸くした。

「山門の前に、追放運動の昔からの住民と、鐘の音に苦情を言う新しい住民が集まってきます。そして、それを規制するはずの警察も、お寺の鐘について苦々しく思っている。役所も住民の味方のようだ。それだけの勢力を敵に回して、住職お一人で戦いを挑んでいるようにお見受けします」

「そりゃあ、仕方がないでしょう。向こうが理不尽なことを言ってくるわけですから……」

「今のところ、味方はいないのですね？」

「味方などいりません。俺の寺は俺が守りますよ」

「原磯さんをご存じですね」

田代は再び、目を丸くする。

「原磯ですか……。ええ、もちろん知ってますよ」

「私ら、今夜にでも原磯さんに会おうと思っています」

田代はしばし、ぽかんと阿岐本の顔を見ていた。

「そうですか」

田代が言った。「原磯と……」

「ええ。原磯さんは、『梢』というスナックでよく飲んでいらっしゃると聞きました。私らも『梢』に行ってみようと思います」

「そうですか……。あの……」

「何でしょう？」

「親分さんは、どうして原磯に会おうと思われたんです？」

「原磯さんは、駒吉神社の大木さんと仲がいいみたいですね？」

「ええ。よくいっしょに飲んでいるようですね」

「どうやら、原磯さんは駒吉神社の氏子総代になりたいらしいんです」

「ほう、氏子総代に……」

「そのあたりの話を聞きたいなと思いまして……」

「原磯はそういうやつですよ。うちの檀家総代もやりたいと言っていますから」

阿岐本が片方の眉を吊り上げる。これは興味を持ったときの特徴だ。

「檀家総代を、ですか」

「本気かどうかわかりませんがね。だから、そういうことをやりたがるやつなんです。町内会でも会長の藤堂さんよりも積極的ですし……」

「人のやりたがらない面倒なことをやろうとする奇特な方なんですね」

「奇特というか、まあ、仕切りたがりですね」

「とにかく、会って話をしてみようと思います」

「会って楽しいやつとも思えませんが……」

「町内のこととか、お詳しいでしょう」

「そりゃ詳しいでしょうね」

「だったらお話をうかがう価値はあると思います」

「はあ……」

「あと、こいつは忘れねえでいただきたいんですが……」

「何でしょう？」

「一人で戦うとおっしゃいましたが、私らは味方です。住職は一人じゃありません」

「あ……」

田代は意外そうな顔をした。「そいつはありがたいお言葉です」

阿岐本が立ち上がった。話は終わりだ。日村も立ち上がった。

本堂を出たところに、谷津が立っていた。

「おい、いったい何の相談をしてるんだ」

阿岐本が言った。

「おや、これは……。中目黒署の刑事さんですね。お名前はたしか……」

日村が言った。

「谷津さんです」

「俺の名前なんてどうでもいい」

田代が谷津に言った。

「警察が寺に何の用だ」

谷津が田代を睨む。睨んでいるわけではないのかもしれないが、人を見るときの目つきが悪い。

ヤクザと警察官はこういう目つきになる。

「別に俺だって、寺なんかに来たくはねえよ。だがな、こう反社のやつらが頻繁に出入りすると、来ざるを得ないんだよ。住民たちが追放運動やってるらしいしな」

「それだよ」

田代が顔をしかめた。「こっちは迷惑してるんだ。あの集会を止めさせてくれないか」

「暴力団員が来なけりゃ、住民だって追放運動なんてやりゃしねえよ」

「この二人は俺の客だ。文句は言わせないよ」

谷津が阿岐本を見る。

「何を企んでやがるんだ？　素直に話せよ」

「何も企んではおりません。ご住職と話をしていただけです」

「どんな話をしていたんだ？」

「スナックの話とか……」

「スナック？」

「ええ。近くにいいスナックがあるとうかがいましてね。今度飲みに行こうかと……」

「この地域の飲食店で飲み食いなんてさせねえよ」

「おや、それは残念です」

谷津は舌打ちした。

「ここで正直にしゃべってもらえねえとなると、署まで来てもらうことになるな」

まずいなと日村は思った。

署に連れていかれたら面倒なことになる。任意でもなかなか帰してくれないだろう。あれこれ理由をつけてしばらく取り調べを受けるのだ。

阿岐本が言った。

「警察の捜査にはいくらでも協力しますよ。でも、理由もなく引っぱられるのは嫌ですね」

「理由はあるさ。暴対法や排除条例でどうにでもなるって言ってるだろう。ごちゃごちゃ言ってると、逮捕だぞ」

こいつなら本当に逮捕しかねないな。日村がそう思っていると、山門のほうから声がした。

「ええと……。この人たち連れていかれると困るんですけど……」

その場にいた四人が同時にその声のほうを見た。

甘糟だった。

谷津が言った。

「何だ、てめえは？」

甘糟が手帳を出してバッジを見せた。

「あの……。北綾瀬署の甘糟といいますけど……」

「北綾瀬署だ？　あ、仙川んとこの……」

「はい、そうです」

「そうか。この阿岐本の組を担当してるんだな」

「ええ、阿岐本組はうちの署の管内にありますから……」

甘糟は完全にビビっている様子だ。無理もない、日村だって谷津みたいな輩《やから》の相手は嫌だ。

「だからよ」

谷津が言った。「ちゃんと躾《しつけ》しとけって言ってるだろう。綾瀬くんだりから、このあたりにやってきて、何か悪だくみをしている様子だ。うちとしては黙っていられねえ」

「話はうちで聞きますから」

「そうはいかねえな。ここで連れていかれちゃ、とんびに油揚だ」

「不当に連れていって拘束すると、逮捕・監禁の罪になりますよ」

「ばかかおめえは。警察が反社逮捕して罪になるのかよ」

「なります。あ、いや……。厳密には、という話ですけど」

「面倒くせえやつだな」

「ちゃんとした罪状やその疑いがあれば別ですけど……」

「暴対法と排除条例があるだろう」

「それらの法や条例に違反するという要件を、本当に満たしていますか？」

「叩きゃ埃くらい出るよ」

「あのですね。今の世の中、そういうことしていると、警察も訴《うった》えられますよ」

谷津はまた舌打ちをした。

それから、阿岐本、日村、田代の順に睨みつけ、言った。

「ケチがついたな。出直すとするか」

谷津が山門のほうに去っていった。

12

甘糟は、どっと汗をかいている。ビビりながら必死だったに違いない。

「こりゃあ、助かりました」

阿岐本が甘糟に言った。「私らをつけてましたね？」

「仕事だからね。だから言ったでしょう。目黒区なんかをうろうろしないでって……」

「いや、面目ねえ。でもね、こっちにもいろいろ事情がありまして……」

「いいから、もう地元に帰ってよ」

「わかりました。引きあげます。甘糟さんも乗っていかれますか？」

甘糟が目をむいた。

「冗談じゃないよ。刑事がヤクザの車になんか乗れないよ」

「そうですか。じゃあ、私らこれで……」

阿岐本と日村は、稔が待つ車に向かった。

山門を出るところで、阿岐本はふと立ち止まり言った。

「甘糟さん」

「何？」

「この恩は忘れません」

甘糟は慌てた様子だった。

「いいよ、そんなこと」

「いえ。ヤクザは、怨《うら》みも恩義も忘れねえんで……」


車に戻ると、稔が尋ねた。

「事務所に戻りますか？」

阿岐本がこたえる。

「そうしてくれ」

車が出発すると、日村は阿岐本に言った。

「今日の田代住職は、なんだか変でしたね」

「おいおい、人を疑うのは警察官の仕事だぞ」

「でも、何だか隠し事をしているように思えました」

「そうかい」

「ええ。オヤっさんが原磯さんと会うとおっしゃったとき、ちょっとうろたえたような様子でした」

「おう、その原磯だ。神社の氏子総代だけじゃなくて、寺の檀家総代たあ、たまげたな」

「仕切りたがりだと、田代住職が言ってましたね。でも、それだけでしょうか」

「まあ、会ってみりゃわかるさ」

事務所に着いたのは、午後四時過ぎのことだ。

阿岐本は奥の部屋に引っ込んだ。日村はいつもの一人掛けのソファに腰を下ろした。ふと気づくと、健一、テツ、真吉の三人が日村を見ている。

「何だ？」

健一が言った。

「お寺にいらしたんですね？」

「ああ、そうだ」

「寺で何をするんですか？」

健一たちは、興味津々なのだ。

「わからん」

日村がこたえると、健一は珍しく食い下がる。

「そんなこと言わないで、教えてくださいよ。自分ら、何かお役に立てること、ないですか？」

「本当にわからないんだ。俺もオヤジが何をしようとしているのか知らない」

「稔や真吉によると、寺が住民と揉めているとか……。揉め事は稼ぎ時だって、自分らの稼業では言われてますよね」

「たしかに揉めている。けど、オヤジはそれをシノギにするつもりはなさそうだ」

「そうなんですか？　神社の件はどうです？　神農さんと手を組めばシノギになるんじゃないですか？」

「そっちも今んところ、なさそうだな」

「でも、オヤっさんのことだから、何かちゃんと考えてますよね?」

「さあな。そうだといいがな」

本音だった。

「寺かあ……。そう言えばテツは、なんか坊さんみたいですよね」

たしかにテツはヤクザより修行僧か何かに見えるかもしれない。

日村はテツに言った。

「おまえ、今から坊さんの修行に出るか?」

テツは何も言わず、きょとんとした顔をしている。

代わりに健一が言う。

「坊さんになれば、食いっぱぐれはないかもしれませんね」

日村は言った。

「そうでもなさそうだ。寺もなかなか厳しいらしいぞ」

「住民と揉めるし……」

「ああ、そうだ」

「じゃあやっぱり、自分は今のままがいいですね」

そう言う健一は、どこか淋しそうだった。他にやれることはないと諦めているのかもしれない。

若いんだから、何でもやれる。そんな慰《なぐさ》めは、健一たちには通用しないと、日村は思った。ここにいる誰もが、これまで世間にさんざん迷惑をかけたのだ。今さら堅気になって、職を見つけようなんて虫がよすぎる。だから彼らは、オヤジの道楽に関わろうとする。社会との交わりがほしいのだ。

「そうだな」

日村は言った。「俺たちはオヤジについていくしかないんだ」

「でも、今はそれが生き甲斐です」

俺もそうだ。日村はそう思った。

午後七時を過ぎた頃、真吉が言った。

「『梢』のアヤさんから電話がありました。原磯と神社の神主がいっしょに飲みに来たということです」

日村はそれを阿岐本に伝えた。

阿岐本が言った。

「おう。じゃあ、すぐに行ってみよう」

稔が車の準備をする。

阿岐本が真吉に言った。

「おめえも来な」

「はい」

出かけていく稔と真吉を、健一とテツがうらやましそうに見ている。事務所の留守番はつまらないのだ。

日村はその二人に声をかけた。

「俺たちの留守中、しっかり頼むぞ」


道が混み合っていて、車が現地に着いたのは午後七時四十五分頃のことだった。阿岐本と日村が『梢』を訪ねると、カウンターの中の男女が、あからさまに嫌な顔をした。

白髪をきっちりと撫でつけている男性は、迷惑そうに目をそらし、同じくらいの年齢の女性は険《けわ》しい眼を向けてきた。

この二人がマスターとママだろう。

彼らは、阿岐本と日村の素性を一目で見て取ったのだ。

飲食店の経営者は、暴力団から迷惑を被ることが少なくない。ミカジメ料を要求されたりするからだ。オシボリや観葉植物のレンタルを強要されることもある。

ママの顔つきが一瞬で弛《ゆる》む。

日村たちに続いて、真吉が店に入ってきたのだ。

「あら、真吉ちゃん。いらっしゃい」

「あ、すいません、ママ。こちら、俺の上司の方々でして……」

「なんだ、真吉ちゃんの関係者？　早く言ってよ」

「阿岐本と申します。ママさんですか？」

「そうよ。エリっていうの。よろしくね。こちらは、マスターの榎木《えのき》。みんなはエノさんと呼んでる」

「真吉がお世話になっております」

「まあ、どうぞ。お座りになって……」

「実は、駒吉神社の大木さんがいらしていると聞いてやってきたんですが……」

ママの表情がほころんだ。

「大木さんのお知り合い？　奥にいらっしゃるわよ。どうぞ」

奥といってもそれほど広い店ではない。カウンターの向こうにボックス席が二つあるだけだ。

その一つに大木がいた。別の男と二人連れだ。

それが原磯だろうと、日村は思った。

席に近づくと、大木が驚いたように言った。

「阿岐本さん。どうしてここに……」

阿岐本がにこやかに言った。

「いやあ、評判のいいスナックがあると聞きましてね……」

彼らの手前に若い女性が座っている。特に着飾っているわけではないが、若々しくて魅力的だと日村は思った。

阿岐本が言った。

「あなたが、噂のアヤさんですか?」

彼女は聞き返した。

「噂って……?」

「お店同様にとても評判がいいんですよ」

「あら、うれしい」

そう言ってから彼女は、真吉に気づいた。「あら、真吉ちゃん」

とたんに明るい表情になる。真吉の魔法は健在のようだ。

阿岐本が言った。

「そちらにいらっしゃるのは、もしかして原磯さんですか?」

大木の向かいに座っている男が、怯えた顔を見せた。

「何ですか、あんたは……」

大木が言った。

「俺の知り合いだよ。心配はいらない」

「知り合いって……」

ヤクザじゃないのか。そう訊きたかったに違いない。

阿岐本はあくまでもにこやかに言う。

「大木さん、よろしければ、ご紹介いただけないでしょうか?」

「ああ、いいですよ。原磯さん、こちらは綾瀬の阿岐本さんです」

阿岐本は原磯に言った。

「よろしくお願いします」

絶妙のタイミングで、真吉が言った。

「アヤさん。ちょっと、カウンターのほうで飲もうか」

アヤは嬉々として席を立つ。

阿岐本が言った。

「じゃあ、ちょっと失礼しますよ」

「ああ、どうぞ」

大木が言ったので、阿岐本は彼の隣に腰を下ろした。日村は、原磯の隣だ。

原磯はすっかり落ち着きをなくしている。ヤクザが突然席にやってきたのだから当然だ。大木は平然としている。

阿岐本が言った。

「原磯さんというのは、なんとも粋なお名前ですね」

原磯がこたえる。

「そうですか……？」

「ええ。本名ですか？」

「もちろんですよ。どうしてそんなことを訊くんですか？」

「ハライソって、天国って意味でしょう？　たしか、ポルトガル語でしたっけ？」

「ああ……。それ、偶然ですよ。それに、本来ポルトガル語じゃ、ハライソじゃなくてパライゾらしいです」

「なるほど……。大木さんとはいつもいっしょに飲んでらっしゃるようですね」

「それがどうかしましたか？」

警戒心丸出しだ。

大木が言った。

「そうですね。けっこういっしょに来ることが多いですね」

阿岐本がうなずく。

「こうしてご近所同士で飲める店があるってのは、いいことですね」

原磯が言った。

「何か、私たちに用があるんじゃないんですか？　じゃなきゃ、私は神主さんと話がしたいんですがね……」

迷惑だからあっちへ行けと言っているのだ。

阿岐本は平然としている。

「原磯さんにうかがいたいことがありましてね……」

「私に訊きたいこと……？」

「何でも、駒吉神社の氏子総代になりたいとおっしゃっているそうですね」

原磯の警戒心がさらに強まるのがわかった。

「誰からそんなことを……。いや、というより、何でそんなことを知っているんです」

「大木さんからお話をうかがって以来、神社に興味がありましてね」

「いったい、どんな興味が……」

「純粋な興味ですよ。日本人として、神道や神社をどうしたらいいかっていう……」

「ほう……」

原磯は関心なさそうな口調で言う。「いったいどうしたらいいと思います?」

「原点に帰ることでしょうね」

「原点に帰る?」

「ええ。神社というのは、もともとは土地に住む人たちが、神聖な場所を大切にするということから始まったんだそうですね」

するると、大木が言った。

「おっしゃるとおりです。沖縄では今でも、拝み所《ウガンジュ》といって、神聖視されている場所があります。他の土地でも、ある場所を通るときは口に草をくわえるというところもありますね」

阿岐本が訊いた。

「草をですか?」

「ええ。そこを通るときは決して口をきいてはいけないので、口を開かないために草をくわえるんです」

「なるほど。そういう場所では、いわゆる禁忌があるわけですね」

「そうです。タブーに触れると何か悪いことが起きると考えられたわけです。つまり、祟《たた》りですな。そこから神の概念が生まれる。日本の神はもともと祟る神だったんです」

阿岐本は感心するように言った。

「さすが、専門家は違いますなあ……」

大木は気をよくした様子で、言葉を続けた。

「やがて、人々が集まり村を作る時代になると、神の性格も変わってきます。人々の願いが寄せられる形になります。自分たちの生活を守ってくれる神になるわけです。これが鎮守の杜《もり》などになっていくのです。さらに、大きな変化がやってきます。農耕が主流になると、豊穣を祈り、実りを感謝するようになります。これが、村祭りのような形になっていくわけですね」

「鎮守の杜を大切にし、村祭りをやるのは、村に住む人々ですね」

「はい。それが氏子です。昔は氏子が神社を作ったのです」

「今でもそうした伝統は残っているわけですね」

「神社は、氏子によって存続していると言ってもいいです」

「祟る神とおっしゃいましたが、神様によってもいろいろなんでしょうな」

「神の概念は大きく分けて二つあります。一つは大自然のありとあらゆるものに神が宿っているという考え方です。もう一つは、神の意志を伝える者がいるという考え方です」

「あ、アニミズムとシャーマニズムですね」

「そうです。ものすごく大雑把に言うと、アニミズムは狩猟民族の宗教観であり、シャーマニズムは農耕民族が村を作り、やがてそれが国となっていく過程で発達していきます」

熱心に大木の話を聞いていた阿岐本は、突然、原磯に質問した。

「あなたは、駒吉神社の氏子なんですか？」

虚を衝《つ》かれた様子で、原磯は一瞬口ごもってからこたえた。

「今はまだ氏子ではありません。ですから、神主にいろいろと相談していたんです。氏子総代になるには、まず氏子にならなければいけませんからね」

「そりゃそうですね」

大木が言った。

「氏子総代になってくれるというのは、私にとってはありがたい話なんですよ。氏子といっても、皆さん普段はそんなことを意識はされていません。祭があると、ようやく氏子だったことを思い出すといった有様です。ですから、誰かが率先して活動してくだされば……」

「寄進《きしん》も増えるというわけですね」

大木は大真面目な顔でうなずいた。

「うちとしては、それを期待したいですね」

「しかし、氏子総代というのは、何かと面倒なのでしょうな」

原磯がこたえた。

「面倒だおっくうだと言っていたら、何も始まりませんよ」

「原磯さんは、町内会でも発言力がおありだそうですね」

「町内会なんてね、誰も本気でやらないんですよ。だから、私のような者が頑張らないと……」

「すばらしいお考えですね」

「いや、地域のためを思えば、当然のことだと思います」

「西量寺の檀家総代もやりたいとおっしゃっているようですね」

この阿岐本の言葉に、大木が反応した。目を丸くして原磯を見た。

「え……。西量寺の檀家総代？　そいつは初耳だね」

原磯が言った。

「ああ……、いや、そんなことを言ったこともあったかもしれない……」

おや、急に歯切れが悪くなったな。

もしかしたら、何かをごまかそうとしているのかもしれない。

日村はそんなことを思い、原磯を観察していた。

13

神主の大木が原磯に言った。

「どういうことなんだ？　うちの氏子総代だけじゃなくて、田代んとこの檀家総代になりたいって……」

原磯は、グラスを手にして一口飲んだ。水割りだろう。

「神社も寺もさ、地域の活力を反映するだろう？」

「地域の活力を反映……？　あんたの言い回しは難しいんだよ。もっと普通の言葉を使えないの？」

「つまりさ。町内が活気にあふれていれば、氏子も檀家も、ちゃんと神社や寺を支えられるってことだ。祭になれば、大勢集まって神輿を担ぐだろうし、境内が傷《いた》めば寄進もする。寺だって、お盆だの法事だのでちゃんとお寺さんをお招きする。けどね、だんだんとそういうのがなくなってるじゃないか」

「そんなのは、あんたに言われなくてもわかってるさ。身に染みてな」

「だから、俺がそういう雰囲気を変えたいんだよ」

「どういうふうに」

「若い世代に声をかけて、縁日だの祭だのの行事に参加してもらう。このあたりはさ、昔から住んでいる人たちが高齢化して、二世代目、三世代目はみんな町外に出ていってしまっている。そして、集合住宅の住人がどんどん増えているわけだ。そうすると、人口は増えても地域は活性化しないわけだよ」

原磯は俄然饒舌《じょうぜつ》になった。

なるほど、この話術で町内会の実権を握っているわけだ。

「そのアパートやマンションの住人を、あんたはどうしようと考えているんだ？」

「神社や寺に足を運ばせる工夫をするんだよ。今までのような祭じゃなくて、人があつまるイベントをやるんだ」

大木は渋い顔をした。

「祭ってのは、神様との交流だ。催《もよお》しをして人を集めればいいというもんじゃない」

「あんた、いつも言ってるじゃないか。神社の祭の主役は神じゃなくて人間なんだって」

「ほう……」

阿岐本が言った。「それは、なかなか興味深いお言葉ですな」

原磯と大木が同時に阿岐本を見た。

阿岐本は言った。

「祭は神様のためのものと思っていましたが、そうじゃないんですね？」

大木がこたえた。

「神社の成り立ちをお話ししたでしょう。人々の思いが集まったのが神社です。祭は、人と神が喜びを交わすものです。神との関わりは楽しいものだ。それを実感するのが祭なのです」

「これはいい話を聞きました」

するど、原磯が身を乗り出すように言った。

「だからね、マンションやアパートの住人たちにも、その楽しみを広めなきゃならない。そうだろう。そうすりゃ、町内も活性化するし、必然的に神社も栄える」

「あんたを氏子総代にすれば、そういうふうになるってことかい？」

原磯はうなずいた。

「やってみるよ。町内会も動かす」

「あんた、町内会長じゃないだろう」

「藤堂さんとも、ちゃんと話をする。マンションやアパートの住人が町内の催しに参加してくれたり、会費を払ってくれるようになれば、藤堂さんだって喜んでくれるだろうし……」

「なんと……」

阿岐本はにこやかに言った。「今どき、地域の世話役など、面倒なので誰もやろうとしないのですが、あなたは立派だ」

原磯は、ぎょっとしたように阿岐本を見て、すぐに目をそらした。ヤクザにほめられたことなどないだろうから、どうしていいかわからないのだ。

阿岐本がさらに言った。

「町内会に神社の氏子総代、そして寺の檀家総代……。いや、本当にたいしたものだ」

原礒は落ち着かない態度でこたえた。

「地域のためを思えばこそですよ」

「あなたのメリットは何ですか？」

「え……？」

原礒は虚を衝かれたように目を丸くした。

日村も驚いた。いきなりの直球勝負だ。

阿岐本は笑顔のまま言った。

「お仕事もお忙しいでしょうに、それだけ地域のことに尽力なさるのには、何か理由があるんじゃないかと思いましてね。普通、よほどのメリットがなければ、そんなことはできないでしょう」

「損得じゃないんですよ」

原礒は言った。「世の中の人全部が金のために生きているわけじゃないんです」

「ほう。損得じゃない？」

阿岐本にそう訊かれて、原礒はますます落ち着かない様子になった。

「そりゃあ、多少算盤《そろばん》は弾《はじ》きますよ。地域が活性化し安定すれば、人々が住みたがる街になります。そうすれば、不動産の価値も上がる」

「そうでした。あなたは不動産業者でしたね」

「ですから、私が地域のために尽くすのは、商売のためでもあります。それは否定しません」

阿岐本はうなずいた。

「いやあ、実にご立派です」

そして、阿岐本は大木に言った。

「お楽しみのところ、お邪魔しました」

日村は立ち上がった。

阿岐本が席を立ち、出入り口に向かう。カウンターで、ママやアヤと談笑していた真吉がスツールから立ち上がる。

「あら、みんなもう帰っちゃうの？」

「はい。お邪魔しました」

阿岐本と真吉が店を出ていくのを見ながら、日村は会計をした。おそろしく良心的な値段だった。

「今度はゆっくり飲みに来てよね」

最近、お愛想でもこういうことを言われることがなくなってきた。排除条例が世の中に浸透しているのだ。

「ありがとうございます」

日村はそう言って店を出た。

路地に車が停まっていた。日村が後部座席の阿岐本の隣に乗り込むと、稔は車を出した。真吉は助手席だ。

阿岐本が言った。

「原磯さんは、何とも奇特な人だねえ……」

日村はこたえた。

「本心がわかりません」

「損得じゃないとおっしゃっていた」

「そんなはずはありません」

「ほう。そう思うかい?」

「最も損得を考える人物に見えました」

「ふん。おめえも、人を見る眼ができてきたようだねえ」

「誰が見てもそう思うでしょう。何か魂胆があって、大木さんや田代さんに近づいているんだと思います」

「さあて、その魂胆だが……。おめえ、何だと思う?」

「わかりません」

それきり、阿岐本は事務所に着くまで口を開かなかった。


事務所に着いたのは、午後十時頃だった。

「じゃあ、俺は引けるよ」

そう言って阿岐本は、上の階に帰宅した。

日村は、いつものソファに座った。

「留守中、変わりはなかったか？」

そう尋ねると、健一がこたえた。

「はい。何事もありませんでした」

「甘糟さんは来なかったか？」

「来てません」

「わかった」

健一は、出先で何があったのか聞きたがっている様子だ。

無視すればいいのだが、なんだか留守番の健一やテツが不憫《ふびん》に思えた。

「おまえ、寺の梵鐘をどう思う？」

そう訊かれて、健一が聞き返した。

「梵鐘……？」

「鐘だよ」

「いや、どう思うって言われても……。あまり気にしたことがないですね」

「このあたりでも、昼や夕方に鐘が鳴ったりしてたか？」

「さあ、どうでしょう……」

健一がテツや真吉の顔を見回す。誰も何も言わない。

「鐘のことなんて、気にしたことないか」

「そうですね。大晦日にテレビで見るくらいですね」

『ゆく年くる年』か……。そんなの見てるのか」

「事務所のテレビでぼんやり眺めてますね」

「鐘なんて、普段気にしてないから、なくなっても平気だな……」

「なくなる……？　寺の件はそういう話なんですか？」

「住民から苦情が出てるんだそうだ。鐘の音がうるさいって」

「それ、冗談ですよね」

「どうやら本当のことらしい」

「だって、鐘って寺には必要なものでしょう」

「町中の工事だって必要だからやるんだろう。だけど、住民からクレームがついて、工事の時間は大幅に制限されているらしい」

「工事と寺の鐘は違うでしょう」

「どう違うんだ？」

「そう言われると困りますが……」

「苦情は言った者勝ちらしいぞ」

「寺って、昨日今日できたわけじゃないでしょう」

「ああ。昔からある寺だ」

「文句を言われたのは、最近なんですよね？」

「昔からその土地に住んでいるような人は、さすがに鐘に文句をつけたりはしないだろう。最近引っ越してきた人たちのクレームらしい」

「あとから来た人が、もともとある寺に文句をつけるわけですか？　そりゃあ、俺たちのイチャモンよりタチが悪いなあ……。当然、無視ですよね？」

「ところがさ、区役所や警察が寺に何とかしろと言ってくるわけだ」

「マジすか」

「区役所も警察も、住民から苦情があれば何かしなけりゃならない」

「それで、オヤっさんが出かけられたわけですね？」

「まあ、そういうことなんだが……」

「オヤっさんは、どうされるおつもりでしょう？」

「わからないんだ。いっしょにいても、オヤジが何をしたいのかわからない」

「そうなのか？」

健一が真吉に尋ねた。真吉がこたえる。

「俺、スナックに行っただけだから、オヤっさんたちの話は聞いてないし……」

そこに、車を駐車場に入れた稔が戻ってきた。

「何の話っすか？」

健一が稔に言った。

「オヤっさんが何をされたいのかわからないという話だが……。おまえ、けっこう同行しているから、何かわかるんじゃないのか？」

「自分は車運転しているだけですから、何もわかりませんよ」

「そうかあ……」

日村は言った。

「俺たちがあれこれ考えてもしかたがない。それより、鐘の話だ。なくなってもいいと思うか？」

健一が考え込んだ。

「なくなっても、別に困ることはないでしょうね」

「そうか……。そうだな」

「でも、なくても困ることがないからといって、何でもなくしてしまうのは、ちょっと違うんじゃないかと思います」

「ちょっと違う？」

「ええ。それって正しいのかなって思います」

「無駄なものはなくしたほうがいいだろう」

「はい。それはそう思います。でも……」

「でも……？」

健一がうまく説明できないと見て取ったのか、真吉が言った。

「刺身のツマってありますよね？」

「大根を細く切ったやつとか、大葉とかだな」

「あれって、必要あるかといったら、ないですよね」

「食べずに残すことが多いな」

「だったらなくていいかといったら、そうでもないでしょう」

「ないと淋しいな」

「そういうことだと思います」

「寺の鐘と刺身のツマはいっしょにできないだろう」

真吉は言った。

「健一さんの言いたいことはわかるんですが、自分もうまく説明できません」

すると珍しく、テツが発言した。

「大根のツマは、刺身から出る水分を吸収して、新鮮さを保つ役割があるそうです」

「え？」

日村は、思わず聞き返した。「そうなのか？」

「そして、若い料理人が包丁の扱いを覚えるのに役立ってるんだそうです」

「包丁の扱い？」

「大根の桂剝《かつらむ》きで包丁の練習をします。それが刺身のツマになるのです」

テツは滅多に発言しないが、彼の言葉には必ず役に立つ何かが含まれている。日村はそう思っていた。

「つまり……」

健一がテツに言った。「寺の鐘も、普段は気づかないけど、何かの役に立っているってことだよな」

テツは黙って健一を見ていた。否定も肯定もしない。彼はわからない質問にはこたえないのだ。

日村は言った。

「時計を持ち歩く人などいない時代に、寺の鐘が時間を知らせていたんだ」

真吉が言う。

「そうか。昔は役に立っていたんですね」

それに対して、健一が言った。

「でも、今じゃみんな腕時計やスマホを持っていますから、寺の鐘が時刻を知らせる必要はないですよね」

日村はこたえた。

「住職が言うには、鐘を鳴らすのは先祖の供養のためなんだそうだ」

健一が考え込んだ。

「供養ですか……。それは役に立つとか立たないとかの問題じゃないですね」

「そうだな。先祖供養が日頃の生活にどう関わっているか、俺たちにはわからない」

「目に見えないからといって、役に立っていないと考えちゃだめな気がします」

「そうかな」

「ええ。先祖供養が何の役に立っているかわからないけど、やったほうがいいと思います」

「やらなくてもいいんじゃないか」

「そういうことをちゃんとやらないと、ご先祖様に申し訳ない。みんながそう思って暮らしている世の中のほうが、そんなことを気にしない世の中よりも暮らしやすい気がします」

日村は意外に思って健一を見つめた。健一は居心地悪そうに目をそらした。つい睨《ね》めつけるようなヤクザ独特の目つきをしていることに気づいて、日村は目力を抜いた。

健一のような若者が、古風な社会のありかたを望んでいるような気がして意外だったのだ。

「先祖供養なんて面倒臭いぞ。東京はまだいいが、田舎に行くといろいろなしきたりがある」

「しきたりなら、俺たちの世界にもたくさんあるじゃないですか」

「まあ、そりゃそうだが……」

たしかにヤクザ稼業は約束事が山ほどある。

「それに、面倒臭いから、代わりに寺で鐘を撞いたりしてくれるんじゃないですか？」

「なるほど、そういうことかもしれないな……」

「だから」

健一が言った。「俺、鐘なんかいらないっていう世の中よりも、鐘をありがたいと思っている世の中のほうが好きです」

真吉が言った。

「自分も、鐘をなくすのはなんだかバチ当たりな気がします。バチ当たりなことを当然のことのように言う世の中は、やっぱ嫌です」

はみ出し者の健一たちが、先祖供養だバチ当たりだという話をしているのが不思議な気がする。

しかし、そう感じている若者は少なくないのかもしれない。彼らはきっと、今の世の中を息苦しく思っているに違いない。

まあ、いつの世でも若者は息苦しく思うものだ。それに耐えられなかった若者がここにいる。

自分もその一人だと、日村は思った。

14

翌日は日曜日だが、ヤクザに土日はない。日村も若い衆も事務所に詰めていた。

午前十時に永神がやってきた。

「おう。十時にアニキにアポ取ってんだけど……」

日村はこたえた。

「でしたら、じきに降りてくると思います。こちらでお待ちください」

ソファをすすめた。だが、永神がそこに座る前に、阿岐本が姿を見せた。

「健太郎、待たせたな」

永神がこたえた。

「いや、今来たところだ」

「奥に来てくれ。おい、誠司。おまえも来い」

永神に続いて奥の部屋に行こうとしたら、真吉がつぶやくように言った。

「オジキ、健太郎っていうんだっけ……」

奥の部屋では、阿岐本と永神が向かい合ってソファに腰を下ろした。日村も「座れ」と言われて、阿岐本の隣に腰を下ろした。

阿岐本が尋ねた。

「用ってのは何だい？」

「神社の件を嗅ぎ回っていたら、妙な噂を耳にした」

「妙な噂？」

「神社を買いたがっているやつがいるって……」

「神社を買う……？　そりゃどういうことだい」

「ちょっと前から、そういうことをやるやつらが出はじめたんだけどね」

「そういうことってのは？」

「宗教法人の売り買いだよ」

「ほう……」

阿岐本は日村に言った。「おめえ、そういう話、知ってるか？」

「聞いたことはあります。宗教法人というのは、税金がかからないし、税金逃れに使おうとする動きがあるとか……」

「なるほどなあ……」

永神が説明を続けた。

「世の中には休眠宗教法人ってのがあるらしい。つまり、実際には活動していない法人だ。そして、一方では何とか税金を減らしたいと考えるやつや、もっとタチの悪いやつらもいる」

「タチが悪いって、おまえが言うなよ」

「だから、俺は真面目なビジネスマンだよ。タチが悪いやつらってのは、マネーロンダリングを目論《もくろ》んでいるようなやつらだ」

「それで……？」

「その両者を仲介するやつがいるわけだ」

「仲介……」

「宗教法人ブローカーって呼ばれている連中だね。片や活動していない宗教法人を持っていてそれを金に換えたいと思っているやつがいる。片や税金対策やマネロンを考えているやつらがいる。その間を取り持つわけだ」

「そいつは違法じゃないのか？」

「法には触れない。不動産じゃないんで宅建の資格もいらない」

「だが、街中で仲介業をやるわけにもいくめえ。実際にはどうやって商売するんだ？」

「ネットだよ」

「ふうん」

阿岐本は考え込んだ。「それで、どこかのブローカーが駒吉神社を売りに出しているってことなのか？」

「具体的にそういう話を聞いたわけじゃない」

「噂だと言ったな？　どういう噂だ？」

「駒吉神社が、多嘉原会長と縁を切っただろう」

「ああ、それが何か関係あるのか？」

「駒吉神社と多嘉原会長は長い付き合いだった。その付き合いがある間は、誰もちょっかいは出せない。けど、多嘉原会長という重しがなくなったら……」

「なるほど」

阿岐本は思案顔で言った。「駒吉神社は火の車だと言ったな？　足元を見て買い叩こうというやつがいても不思議はねえ……」

「あの……」

日村は言った。「すいません。いいですか？」

阿岐本が言った。

「何だ？　言ってみな」

「駒吉神社の大木神主は、金銭的に困っておいでなんですよね？」

永神がうなずいた。

「ああ。かなり苦しいらしい」

「だったら、神社を買ってくれる人がいるというのは、渡りに船なんじゃないですか？」

阿岐本は永神に尋ねた。

「その辺はどうなんだ？」

「もし、神社が身売りしたいって考えているんだったら、誠司の言うとおりだな。だが、実際に寺や神社が売り買いされた後は、ろくなことにならないらしい」

「ろくなことにならない？」

「檀家の知らないうちに寺が引っ越して、勝手に墓を移された、なんて例もあるらしい」

「お骨は？」

「墓石だけ移して、お骨がどこにいったかわからねえっていうんだ」

「そいつはひでえな……」

「だいたい、宗教法人を買おうなんてやつは金目当てだから、手に入れた後まっとうな宗教活動を続けるわけがねえんだ」

「駒吉神社も同じような目にあうってことか？」

永神はかぶりを振った。

「だから、噂があるだけなんだ。その噂も、多嘉原会長が祭から追い出されたってところから生まれた噂だから、どれくらい信憑性《しんぴょうせい》があるかわからねえ」

「実情は、直接神社に訊いてみねえとわからねえってことだな」

「ああ、そうだな」

「あの……」

日村は言った。「もし、噂が本当だとして、多嘉原会長との付き合いがなくなったとたんにちょっかいを出すということは、ブローカーは自分らと同じ稼業のやつでしょうかね？」

阿岐本が言った。

「おい、誠司……。先走るなよ」

「すいません」

「けどまあ……。その線は充分に考えられるよな……」

「噂を耳にしたとたんに、こいつは早く知らせねえとと思ってな。それで連絡したんだ」

「わかった。ごくろうだったな」

阿岐本が言った。「引き続き、その噂ってやつについて調べてくんねえか」

「もちろんだ」

永神がにわかに積極的になったような気がする。これまでは、どう考えても金になりそうにない流れだった。

だが、宗教法人ブローカーが絡むかもしれないということになり、金のにおいを嗅ぎつけたのかもしれない。

「誠司」

阿岐本は言った。「俺たちは大木神主に会いに行こう」

「わかりました」


永神が帰ると、日村はさっそく大木に電話をした。

「昨夜はどうも」

「ああ、日村さん……」

「うちの代表が、お目にかかりたいと申しておりまして。申し訳ありませんが、お時間をいただけませんか」

「あの……」

「はい？」

「私、あなた方に何か失礼なことをしたでしょうか？」

「は……？」

「多嘉原会長のお知り合いだというから、安心してお話をさせていただいていたのですが、『梢』に訪ねていらしたり、また会いたいと言われたり……」

どうやら大木は恐怖を感じている様子だ。

ヤクザが頻繁に会いたいなどと言ってきたら、そうなるのも無理はない。日村は、自分たちがどういう存在かちゃんと自覚しているつもりだった。

「いえ、失礼があったのはこちらのほうです。スナックにうかがったのは、原磯さんとお目にかかりたかったからなのです。押しかけたような形になり、申し訳なく思っております。ご容《よう》赦《しゃ》ください」

「昨日も話をしたのに、今日もまた会いたいって言うんですか？　なんだか気味が悪いじゃないですか」

「おっしゃることはごもっともです。ですが、今日になってちょっと気になることが代表の耳に入りまして……」

「何ですか？　その気になることって……」

「代表がお目にかかって直接申し上げると思います。自分の口からはちょっと……」

「私を脅そうとか、そういうことじゃないんですね?」

「違います。教えていただきたいことがあるんです」

「何か危ないことじゃないでしょうね?」

「とにかく、お時間をいただけませんか?」

しばらく間があった。逡巡しているのだろうか。あるいは、スマホか何かでスケジュールを見ているのかもしれない。

「午後の早い時間なら、神社におります」

善は急げだ。まあ、善かどうかよくわからないが……。

「では、一時でどうでしょう」

「わかりました」

日村は礼を言って電話を切り、すぐに阿岐本に知らせた。

「一時だな。稔に車の用意をさせておけ」

「はい」

稔に行き先を告げると、健一が言った。

「今度は寺じゃなくて、神社なんですね?」

「そうだ」

日村は言った。「なんだかややこしいことになってきてな……」

車を降りて、午後一時ちょうどに駒吉神社にやってきた。境内に大木の姿はなく、日村は社務所を訪ねた。

大木はお札などを売る窓口にいた。

阿岐本と日村は、社務所の中に招かれた。以前話をした場所だ。前回と同じ応接セットのソファに腰を下ろすと、阿岐本が言った。

「お忙しいところ、申し訳ありません」

「いえ……」

大木は以前ほど親しげではない。警戒しているのだろう。

大木から見れば、阿岐本や日村の行動は怪しげに見えるかもしれない。何度も会いにくる目的がわからないはずだ。

阿岐本は言った。

「単刀直入にうかがいます。この神社を売り買いするような話はありませんか？」

大木はきょとんとした顔で、しばし阿岐本の顔を見つめた。

「売り買い……？　どういうことですか？」

「そのままの意味です」

「あ……」

大木は言った。「私が原磯さんといっしょにいたから、そんなことをお考えなのですね。原磯さんは不動産業者ですから……」

「そういう話があるんですか？」

大木はきっぱりとかぶりを振った。

「この土地も建物も売るつもりはありません」

「うかがいたいのは、土地や建物のことではなく……」

「土地や建物ではない？」

「はい。宗教法人を売り買いする連中がいると聞きました。そういう話をお聞きになったことは？」

「もちろん話は聞いたことはありますよ。宗教法人ブローカーがいるって話はね。でも、そんな連中がうちに声をかけてきたことはありません」

「そうですか……」

「もし、そんな話があれば乗りたいくらいですがね」

「神社を売るおつもりですか？」

「もし、話があれば、ですよ。売るかどうかわかりませんが、心は動きますよ。だって、氏子は減るし、寄進も減る。後継者も決まってません。経済的にも苦しいですから……」

「お気持ちはわかりますが……」

阿岐本が言った。

日村も大木の言うことは理解できる。誰だって金がほしい。

「でもね」

大木が言った。「売り買いされるのは、たいていは休眠法人ですよ。うちは休眠じゃない。ちゃんと神社としての役割を果たしています。ですから、売るつもりはありません」

なぜか日村はほっとした。

健一らと寺の鐘の話をしたときにも、そういうものがなくなっていく世の中はいやだという健一の言葉にほっとしていた。

阿岐本が言った。

「けっこういい金になるらしいですよ」

「そりゃあ、金はほしいです。見てのとおりの木造の建物ですから、月日が経てば傷んできます。その補修代もばかにならないんです。でもね、そんなものは何とでもなります。もっと大切なものがあると、私は思っています」

「もっと大切なもの……」

「神社は地域住民の心の拠り所です。健康を損ねたら病院が必要ですよね。同じように人々の心のために神社はあるのだと思います」

「今はもう、そういう世の中じゃないと思いますが……」

「現代人は信仰などとは無縁に見えますが、未だに厄年のお祓いに来る方が大勢いらっしゃいます。新年には初詣の方が参道に列を作られます。新築の際には必ず地鎮祭を頼まれます。祭になれば、神輿を担いでくださる方々がおいでだ。私はそれなりに地域のために役に立っているのだと思っています」

阿岐本がうなずいた。

「本当のお気持ちを知りたくて、少々意地の悪いことを申しました。勘弁してください」

「ですから、もしこの神社の法人格を買いたいという人がいても、決して売ろうとは思いません」

「じゃあ、うかがいますが……」

「はい」

「原磯さんと頻繁《ひんぱん》に会われているのは、どうしてですか？」

大木は再び、きょとんとした顔になる。

「原磯さん？　ああ……。飲みに誘ってくれるんで……。別に断る理由はないですし」

「特に理由はないと？」

大木は、上目遣いにちらりと阿岐本を見てから言った。

「いや、実は『梢』で飲もうと言われたら、断れないんですよ」

「ほう……。なぜです？」

「その……。実は私、アヤという子が気に入ってまして……」

年甲斐もなく赤くなっている。いや、この年齢だからと言うべきか。

「なるほど。アヤさんに会いたいが、一人ではなかなか行きづらい。原磯さんがいっしょだと飲みに行きやすいということですね？」

「はい……」

「いや、うらやましいですな」

「え？　うらやましい……？」

「はい。お気に入りの異性がいると、生活に張りが出ます」

「親分さんなら、銀座とかに馴染みのホステスさんとかがいらっしゃるんじゃないですか？」

「まあ、ヤクザ者が見栄で銀座に通っていた時代もありますが、今ではどこも暴力団お断りですからねえ。それに第一、銀座で飲むほど金はありません」

「そうなんですね……」

「いっしょに飲まれるときは、原磯さんが払われるのですか？」

「いえ、割り勘です」

「原磯さんに何か頼まれていることはありませんか？」

「ありませんね。それどころか、うちの氏子総代をやってくれると言ってるんです。その話はご存じでしたね」

「ええ。存じております」

「しかし、西量寺の檀家総代までやりたがっているとは思いませんでしたね」

「それなんですよ」

阿岐本の言葉に、大木は眉をひそめる。

「それというのは？」

「昨日『梢』にうかがったのは、原磯さんが何をお考えなのか知りたかったからなんです」

「ああ、それは日村さんから聞きました。何を考えてるかって……。別に何にも考えていないんじゃないですか？」

「何か思うところがあって、あなたに近づいたんじゃないでしょうか」

「いやいや、それはないでしょう。ただいっしょに飲んでいるだけです」

「『梢』でいっしょに飲むようになったのは、ここ一、二年のことらしいですね？」

「そうですね。そんなもんだと思います」

「原磯さんから、宗教法人を買う話などは出ませんでしたか？」

「原磯さんから？　いや、そんな話をしたことはありませんね」

大木は嘘をついてはいないようだ。日村はそう思った。ヤクザは嘘に敏感だ。その点、警察官と変わらない。

「今日は、お時間を取っていただき、ありがとうございました」

阿岐本が言った。「私ら、これで失礼します」

「あ、すいません。茶も出しませんで……」

大木の態度がかなり和らいだ。話し合いの効果だろう。

阿岐本は社務所を出ると、見送ってくれる大木に対して丁寧なお辞儀をすると、鳥居に向かった。

車に戻ると、阿岐本は言った。

「原磯にはてっきり、宗教法人ブローカーの息がかかっていると思っていたんだがなあ……」

「タイミングを見ているのかもしれません」

「タイミング……?」

「はい。いきなり話をもちかけても、大木さんは乗ってこないとわかっているのでしょう」

「だから、氏子総代になって外堀を埋めようって魂胆か……」

「それに、これまでは多嘉原会長がいましたからね」

阿岐本はしばらく考えてから言った。

「次は西量寺の田代さんのところに行ってみよう」

「はい」

日村は、田代住職とのアポを取るために、携帯電話を取り出した。

15

「日村さん？　ええ、だいじょうぶですよ。ちょうど暇な時間です」

電話をしたら、田代住職がそう言った。日村は尋ねた。

「追放運動の人たちは……？」

「ああ、いませんよ。日曜日だし」

やはり土曜日は半ドン、日曜日は休みらしい。

住民運動とかは、仕事が休みの土日祝祭日にやるものだと思っていたが、そうでもないらしい。

阿岐本が言うように、土日は追放運動よりも優先すべき用事があるのかもしれない。

日村は言った。

「では今から代表といっしょにうかがいます」

「あ、親分さんもいっしょなんだ。お待ちしていますよ」

すぐに西量寺に出かけた。

車を降りて山門をくぐると、そこに田代住職がいた。

阿岐本が言った。

「わざわざお出迎えとは恐縮です」

「様子を見にきたんですよ。追放運動の連中や警察がいないかと思って……」

田代住職、阿岐本、そして日村は本堂に上がった。

「追放運動の連中に、鐘の騒音被害を訴えている住民が加わったでしょう」

田代住職が言った。「あれからいろいろ考えたんですよ」

阿岐本が「ほう」と相槌《あいづち》を打つ。

「こりゃあ、怪我《けが》の功名ってやつかもしれないってね」

「怪我の功名ですか……」

「この地域の新旧住民は水と油だったんですよ。ゴミの出し方一つでも揉め事が絶えなかった」

「ゴミの出し方ですか」

「古くからの住民は、自分たちでゴミの集積所を管理しています。だから、比較的約束事を守ります。ですが、アパートに独り暮らししているような人はつい、ゴミの分別や出す日がぞんざいになる」

「一概にそうとは言い切れないでしょうが、まあ、そういう傾向はあるのでしょうね」

「使う飲食店も違う。昔からの住民は馴染みの小料理屋やスナックを使うわけですが、アパートやマンションの住人はこじゃれたカフェなんかを使いたがる。つまりね、同じ地域の中で分断が起きていたわけです」

相変わらず田代住職の物言いは大げさだと、日村は思った。ゴミの出し方や利用する飲食店が違うことを分断とは言わないだろう。

だが、言いたいことはわかる。水と油と田代住職が言ったように、混ざり合わない二つのグループが存在することは確かなようだ。

田代が言った。

「住民が、この寺に抗議することで足並みをそろえたんですよ」

「つまり……」

阿岐本が言う。「水と油が混じったということですかね」

「それはね、もしかしたらいいことなんじゃないかと思いはじめたわけですよ。これまで、何をやっても新旧住民が混じり合うことはなかった。それが、共通の敵を見つけたことでいっしょになったんです」

「たしかに、仲が悪くても、共通の敵が現れたとたんに一致団結するというのはよくあることですね」

「だとしたら、寺の鐘も役に立ったということじゃないですか」

「おや、何だかもう鐘を諦めたようなお言葉ですな」

「役所や警察が住民の側についてますからね。何だか、勝ち目がないような気がしてきました」

「鐘がある限り、住民たちの団結が続くんじゃないですか?」

「え……?」

「敵がいないと、また住民たちはばらばらになるでしょう。人は気紛れなものです。だから、交渉を続けるんです」

「憎まれ役を引き受けろとおっしゃるんですね？」

「それも必要なことじゃないかと思うんですが……」

田代住職は、しばらく考え込んでいたが、やがて言った。

「そうですね。親分さんのおっしゃるとおりだ」

「そのことはまた、おいおい考えるとして、今日は、少々お尋ねしたいことがあってやって来ました」

「何でしょう？」

「宗教法人ブローカーというのをご存じですか？」

「知ってますよ。休眠宗教法人を売り買いするんでしょう？」

「こちらに、そういう話はありませんでしたか？」

「え？　ブローカーから声がかかったかってことですか？」

「はい」

「ないない。そういう話は噂でしか聞いたことがありませんね」

「何でも、けっこういい値段で売れるらしいですね」

「そんなうまい話があったら、乗ってもいいなあ……」

田代住職は天井を見上げてそう言った。

「宗教法人を売り渡してもいいということですね？」

「今のままだと、未来はないですからね。檀家はどんどん減っていきますし、後継ぎもまだ決まっていません。生活は苦しくなるばかりで、おまけに、鐘の音がうるさいなんて言われる……」

「なるほど、宗教法人格を売って心機一転というわけですか」

「それもいいかなと思います」

「では、話があれば売り渡すんですね？」

「いやあ、それはないですねえ。いくら金に困っているからといって、寺を売ったら坊主としてお終いですよ」

「でも、実際に売っている方はおられるようですね」

「そのまま宗教活動を辞めてしまうんでしょうね。でも、私は坊主を辞める気はありません」

「それを聞いて安心しましたが、今後、ない話とは言い切れません」

「いやあ、ないと思いますよ」

「昨夜、原磯さんにお目にかかりました」

「ああ、『梢』に会いに行くかもとおっしゃっていましたね。それで……？」

「原磯さんは大木神主といっしょでした」

「そうですか。原磯と会って、どんな話をなさったのです？」

「駒吉神社の氏子総代のこととか……」

「あいつ、本当に物好きですよね」

「原磯さんとは、よく話をなさるんですか？」

「そう頻繁に会うわけじゃないですね。たまに飲み屋でばったりとかはありますが」

「原磯さんから、宗教法人ブローカーのことをお聞きになったことはありませんか？」

田代住職は怪訝そうな顔になった。

「いいや。何も聞いてなかったと思うが……」

「もしかしたら原磯さんは、駒吉神社やこの西量寺を売却する算段をしているのかもしれません」

田代住職が言う。

「あいつは不動産屋ですよ。土地家屋は売り買いできても、宗教法人は無理でしょう」

「原磯さんが売り買いをするのではなく、ブローカーを知っているのかもしれません」

ふと田代住職は思案顔になった。

「たしかにあいつは、ちょっと怪しいところがあるな……」

「怪しいところ……」

「俺はね、そもそも住民が鐘の音のことを言い出したその背後には、原磯がいるんじゃないかと睨んでいたんです」

「原磯さんが、住民を焚《た》きつけたと」

「……というか、不満の声をまとめたんじゃないでしょうか。彼は不動産屋なので、住民のさまざまな声を聞く立場にあったのでしょう」

「そんなことをして、何の得があるんですかね……」

「騒音など、住民の苦情があるということは、不動産の価値が下がるということですよね。だから、あいつは苦情の元を消し去りたいんですよ」

「どうもまどろっこしい気がしますね。住民が声を上げるようになるまでは手間がかかるでしょう」

「手間がかかろうが、自分では手を汚したくないやつなんですよ。自分が苦情を言うのではなく、あくまで住民に言わせるわけです」

「なるほど」

「……で、あいつが宗教法人ブローカーとつるんでいるというのは確かなんですか？」

阿岐本はかぶりを振った。

「いや、まだ確証はありません。しかし、神社や寺に近づこうとしてるのは明らかじゃないですか」

「氏子総代に、檀家総代ですね」

「はい。ここに来る前に、大木神主にも話を聞いてきたんですが、大木さんも、原磯から宗教法人の売り買いの話は聞いたことがないとおっしゃっていました」

「大木はうかつだからなあ……。話を持ちかけられたら、うっかり売っちまうかもしれないなあ……」

これは本気の発言だろうか。日村はそんなことを思った。

田代住職が続けて言う。

「わかりました。それとなく、探ってみましょう」

阿岐本がうなずいた。

「そいつは助かります」


田代住職と別れ、山門を出ようとすると声をかけられた。

「待ちなよ」

中目黒署の谷津だった。

阿岐本が目を丸くして彼を見た。

「刑事さん。日曜だってのに、ご苦労なこってす」

「暴力団員がまた西量寺にやってきているという知らせがあったんでな。こっちだって日曜に出張《でば》りたくはねえんだ。いったい、何の用でこの寺にやってくるんだ」

「住職と茶飲み話をしているだけです」

「今日という今日は、何を企んでいるのか、きっちりと説明してもらうぞ」

「谷津さんでしたね。ご家族は？」

「てめえの知ったことか」

「お子さんもいらっしゃるんじゃないですか？」

「娘と息子がいる。それがどうした」

「日曜くらい、夕食の食卓をいっしょに囲んじゃどうです？」

「てめえらがそうさせてくれねえんじゃねえか。さあ、署に来てもらうぞ」

「今日じゃなくてもよろしいのではないですか。私どもは逃げも隠れもしません。今日のところは、ご家族といっしょにテレビでも見ながら過ごされてはいかがですか？」

谷津が声を荒らげた。

「だから、てめえの知ったこっちゃねえと言ってるだろう」

突っ張っているが、心が動いている様子だ。彼は帰って子供と過ごしたいのだ。阿岐本は、そのわずかな心の隙を衝いたのだ。

「もう一度申します。私どもは逃げも隠れもいたしません」

谷津は舌打ちして阿岐本を睨み、それから目をそらした。

やがて、彼は言った。

「今日のところは勘弁してやる。さっさとこの町から出ていけ」

「はい。失礼いたします」

阿岐本は丁寧に礼をしてその場を離れた。日村は無言でその後を追った。

車に乗り込み、綾瀬の事務所に向かう。

後部座席の阿岐本が言った。

「昨日、俺たちが原磯に会いにいくと言ったときの田代住職の様子がちょっと妙だったが、原磯のことを胡散臭《うさんくさ》く思っていたからなんだな」

やはり、オヤジも気づいていたかと、日村は思った。

「住民に鐘の音にクレームをつけろとけしかけたのが原磯じゃないかと疑っている様子でしたね」

「案外、的を射ているかもしれねえな」

「原磯は駒吉神社や西量寺を宗教法人ブローカーにつなぐつもりでしょうか」

「そうだろうよ。狙いはキックバックとかリベートだろうな」

「あと、法人の売り買いのときに関わっておけば、後々土地や建物の売り買いに手を出しやすいでしょうね」

「そうだな。不動産屋だからな。だが……」

「はい？」

「ここでいくらそんな話をしていても、証拠や証言がなければどうしようもねえな」

「田代住職が、さりげなく調べてみるとおっしゃっていましたが……」

「期待していいかもしれねえ」

「藪蛇《やぶへび》にならなければいいんですが……」

「だから、おめえは心配性だって言うんだよ」

「はあ……」

「そのうち、いろいろなことがわかってくるだろうよ。例えば、谷津のこととか……」

「谷津ですか……」

「ああ。もしかしたら谷津も原磯とつながっているかもしれねえ」

日村は驚いた。

「えっ。原磯と……」

「もしやつが、宗教法人ブローカーや苦情を言っている住民なんかと関わりがあるとしたら、警察と関わりを持っていたとしても不思議はねえ」

いや、そうだろうか……。

日村はしばらく考えなければならなかった。阿岐本が言ったことは充分に考えられる。しかし、それを各方面にわからせるためには実証が必要なのだ。

阿岐本にもそれはわかっているはずだ。

日村は言った。

「もし、谷津と原磯がつながっていたとしたら、原磯の目的は何でしょう?」

「暴力団が邪魔なんだろう。不動産について考えてみろよ。暴力団が関係している物件は買い叩かれる。へたをすると暴対法があるので売れなくなる。宗教法人の売り買いも似たようなものだろう」

「たしかに、原磯としては駒吉神社も西量寺もきれいにしておきたいでしょうね」

「駒吉神社は神農系の多嘉原会長とつながりがあったが、最近それがなくなった。きれいになったわけだ。だが、西量寺には俺たちが出入りしているし、町内会の役員さんたちと一度やり合っている」

「なるほど……。警察の手を借りて、自分らを追い出し、西量寺をきれいにしたいわけですね」

「とはいえ、それも憶測だ。詳細を待とうぜ」

阿岐本がそう言ったとき、車が事務所の前に到着した。時刻は午後四時になろうとしていた。


事務所に戻ると、阿岐本は奥の部屋に引っ込み、日村はいつものソファに座った。

健一を呼ぶと、飛んできた。

「狭い事務所の中で、何をそんなに急いでいるんだ?」

日村が言うと健一はこたえた。

「え? いつもと変わらないつもりですが……」

阿岐本の手伝いができるのではないかと、期待しているのだ。その期待にこたえることにした。

「俺たちが通っている目黒区伊勢元町の町内に原磯というやつがいる。不動産屋だ」

「原磯ですね」

「住民が寺の鐘の音がうるさいと苦情を言ってることは話したな」

「はい」

「苦情を言っている住民たちと、原磯が何か関係がないか調べろ」

「不動産屋と苦情の関係ですね。了解しました」

「宗教法人を売り買いするブローカーがいるらしい。そういうやつらと原磯が関係してないか……。それも調べろ」

「はい。宗教法人ブローカーとの関わりですね」

「中目黒署のマル暴に谷津というやつがいる。そいつと原磯の関係も調べるんだ」

「すべて了解です」

「現地には二人で行け」

それから日村はテツに声をかけた。「今の話は聞いていたか?」

テツは無言でうなずく。

「おまえは、現地には行かずに、ネットで何かわからないか調べろ」

また無言のままうなずく。

普通ならぶん殴りたくなる態度だが、不思議とテツを殴りたいとは思わない。

健一が言った。

「じゃあ、自分は真吉と行ってきます」

さっそく出かけるつもりだ。

日曜だろうが何だろうが、言われたらすぐにやる。健一もヤクザらしくなってきた。

テツもすでにネットであれこれ調べはじめている。

日村はソファに座ったまま、考えていた。

梵鐘の話が、宗教法人ブローカーという妙なところに飛び火した感じだ。オヤジはこの先、何がやりたいのだろう。いや、何ができるのだろう。

日村にはわからなかった。わからないが、オヤジについて行くしかない。それはいつものことだが、やはり覚悟がいることだった。

16

翌日は月曜日だ。日村たちの稼業に曜日など関係ないが、やはり月曜日というのは何かが始まるという気分になる。

そんなことを考えていると、電話が振動した。午前十時頃のことだ。西量寺の田代住職からだ。

日村は電話に出た。

「住職、どうしました？」

「あ、日村さん。実は町内会の役員たちがやってきまして……」

声をひそめている。誰かが近くにいるようだ。

「町内会長の藤堂さんたちですか？」

「ええ。住民の代表の方もいっしょで……」

「用件は？」

「暴力団員を出入りさせるな、と……。いや、私は突っぱねるつもりですがね。直接交渉に来たということは、向こうにもそれなりの覚悟があるんじゃないかと思いまして……」

覚悟か……。日村は思った。こっちが腹をくくれば、向こうも覚悟を決める。だんだんと意地の張り合いのようになってきた。

「わかりました。折り返し連絡します」

日村は電話を切ると、すぐに奥の部屋に向かった。ノックをすると「入《へ》んな」という阿岐本の声がする。

「失礼します」

「どうした？」

「田代住職から電話がありまして……」

日村はその内容を伝えた。

阿岐本は言った。

「すぐに西量寺に行こう。稔に車の用意をさせな」

「我々が顔を出すと、こじれるんじゃないでしょうか」

「そんなことを言っている場合じゃねえんだよ。田代さんにこれ以上迷惑をかけられねえ」

「我々が行くと、かえって迷惑をかけることになるんじゃないですか？」

「あくまでも泥をかぶるのは俺たちじゃなきゃならねえ。行くぞ」

日村は、すぐに稔に車を出すように言った。


目黒区に向かう車の中で、阿岐本が言った。

「町内会の役員にマル暴刑事か……。こりゃあ旗色が悪いな」

珍しく弱気な発言だなと、日村は意外に思った。

「住民の代表もいると、田代さんはおっしゃってました」

「追放運動の代表なのかね」

「そうでしょう」

「とにかく、会ってみようじゃねえか」

会ってどうなるのだろう。火に油を注ぐだけではないのか。そう思ったが、オヤジのやることに日村は何も言えない。

藤堂ら町内会役員と住民代表たちとの不毛な押し問答を想像して、日村は気分が重くなった。

やがて、車は西量寺の前に着いた。山門の前に抗議集団がいる。プラカードや横断幕を掲げている。

阿岐本と日村が車を降りて山門に近づくと、その人々が色めき立った。一目見て阿岐本たちの素性に気づいたのだ。

阿岐本は彼らの前を通るときに頭を下げた。日村も礼をする。二人が山門をくぐると、背後から弱々しい声が聞こえた。

「暴力団は出ていけ……」

それを合図に、人々が声を合わせた。

「暴力団は出ていけ」

阿岐本は日村に言った。

「振り向くなよ」

「え……？」

「皆さんは、勇気を振り絞っておられるんだ」

「はい」

本堂にやってくると、藤堂、河合、山科の町内会役員と見知らぬ男が横一列に並んで座り、田代住職と対峙していた。

戸口から阿岐本が声をかけた。

「ご住職。私どものせいでご迷惑をおかけします」

「おお、親分さん」

続けて阿岐本は、町内会役員たちに挨拶をした。

「藤堂さん、河合さん、山科さん。またお会いしましたな」

阿岐本に名前を呼ばれた三人はたちまち顔色が悪くなり、落ち着きをなくした。

河合が言った。

「会いたくなんてないんだ」

「そちらにいらっしゃる方は、住民代表の方ですか？」

阿岐本が尋ねると、田代住職がこたえた。

「そうです。池中昭一《いけなかしょういち》さん、七十五歳」

池中と呼ばれた人物は、白髪で細身だ。彼は田代住職に言った。

「ヤクザに名前を教えちゃだめだ」

「どうしてです？」

田代住職は言った。「阿岐本さんは、ここにいる全員の名前をご存じですよ」

「名前を知られたら、自宅も知られる。家族の名前も知られてしまう。どんな脅しをかけられるかわからない」

田代住職は顔をしかめた。

「被害妄想でしょう」

「いや、そうでもないですよ」

そう言ったのは阿岐本だ。「そういうことをしたがる同業者はたくさんいます。私らだって、いざとなったらそうするかもしれません」

「いざというのはどういうときです」

「私らを怒らせたときですね」

にこやかで冗談のような口調だったが、町内会役員や池中の顔色がさらに悪くなった。

池中が言った。

「ほら、脅しをかけてきた。これがヤクザなんですよ」

「脅してはいません」

阿岐本が言う。「事実を言っているのです。誰だって、失礼なことや理屈に合わないことをされたら、腹を立てるでしょう？　我々だって同じことです」

「そうだ」

田代住職が言った。「何もしていないのに、出ていけなどと言うのは失礼なことだし、理屈に合っていない」

「何を言う」

池中が言った。「暴力団が寺に自由に出入りすることなど許されるはずがない」

「寺は誰も拒否しません。誰でも参拝できるんですよ」

「暴力団は別だ。暴対法や排除条例という決まりがあるんだから……」

「暴対法というのはね、暴力団が威力を示して不当な行為を行うことを禁止しているんだ。阿岐本さんはこの寺で不当なことを何一つしていないので、暴対法違反になんてならないんだよ」

「今、俺たちを脅したじゃないか」

「脅していない、事実を言っている……。阿岐本さんはそうおっしゃっている」

「あんたは、どうしてヤクザの肩を持つんだ？　弱みでも握られているのか？」

「あんた、本当に失礼だな。妙な勘ぐりはやめてくれ。私は人として、阿岐本さんに普通に接しているだけだ」

「相手はヤクザだぞ」

「だからどうした。俺は坊主だぞ」

池中が田代住職を睨んだ。

阿岐本が言った。

「池中さんは、普段は何をされておられるのですか？」

池中が口ごもる。代わって田代住職がこたえた。

「商店街にある煎餅《せんべい》屋の先代なんです」

「先代？」

「ええ。今は代替わりをして息子さんが店主をされています。池中さんは、隠居されたわけですが、今でも連合会の顔役の一人なんです」

「ほう、連合会……？　商店街連合会のことですね？」

「そうです」

「では、そこで原磯さんといっしょに活動をなさっているのですね」

「ええ、そうですね。原磯さんも池中さんも役員をやられています」

「なるほど……」

池中は言った。

「それがどうした。なあ住職。これ以上俺の個人情報をヤクザに教えるのはやめてくれ」

阿岐本が池中に尋ねた。

「原磯さんとはお親しいのですね？」

「こたえたくないね」

「そう警戒なさることはありません」

「警戒するね。さっき脅かされたからな」

「ご心配いりません。私ら博徒ですから、損得にはうるさいですが、利害関係のない方々と対立することはありません」

「じゃあ、なんでこの寺に出入りしているんだ？」

それを補うように、河合が言った。

「この寺だけじゃないんですよ。駒吉神社にも足を運んでいるらしい」

阿岐本がこたえた。

「心配なことがあるからです」

「何が心配だって言うんだ」

「この町から神社も寺もなくなっちまうんじゃねえかって……」

町内会役員と池中は、互いに顔を見合わせた。彼らは驚いた様子だった。日村も驚いた。

藤堂が彼らを代表する形で尋ねた。

「神社も寺もなくなる……？　それはどういうことです？」

「言ったとおりの意味です」

「意味がわかりません」

「一つお訊きしますが。どうお思いですか？」

「どう思うか？」

「ええ。神社や寺がなくなると聞いて……」

「そりゃあ……」

藤堂たちはまた顔を見合わせた。「由々しき問題だと思いますね」

「そうですか？　それほど気にされていないんじゃないですか？」

「そんなことはありません」

「だって、鐘の音がうるさいんでしょう？」

「ああ、それは……」

藤堂が困った顔になる。「一部の住民が言っていることで……」

「でも、役所や警察が寺の鐘をなくそうと考えているようじゃねえですか」

「どうでしょう」

藤堂は思案顔だ。「私は直接、区役所や警察からそういった話を聞いたことがありませんので……」

「俺は聞いてる」

田代住職が言った。「区役所の斉木とか、中目黒署の警察官がプレッシャーをかけに来るんだ」

藤堂が阿岐本に言う。

「寺の鐘と、この地域から神社や寺がなくなるという話と、直接に関係はないでしょう」

「どうでしょうね。まったく無関係とは思えません。その鍵を握っているのが、原磯さんのような気がするんですが……」

藤堂が眉をひそめる。

「原磯さんが……？　それはどういうことですか？」

「今、調べている最中なんで、うかつなことは申し上げられません」

「調べている……」

「はい。それが明らかになれば、我々は姿を消します」

池中が言った。

「今すぐに消えてほしい」

「駒吉神社やこの西量寺を巡るからくりが明らかになったら、間違いなく姿を消します。約束しますよ」

すると、河合が言った。

「口約束など信用できないな」

阿岐本は笑みを浮かべて言った。

「博徒の口約束は、契約書を交わすより確かですよ」

河合は鼻白んだ。

藤堂が尋ねた。

「それはいつ明らかになるんですか？」

阿岐本がこたえた。

「もうじきだと思っております」

「本当に、この地域から姿を消してくださるのですね？」

「はい」

藤堂は、河合と山科を見た。

「こう言っているのだから、今日のところは引きあげてはどうだろう」

河合が言う。

「またそんな、弱気なことを……」

山科が言う。

「俺は暴力団員の言うことなど信じられないな」

藤堂が池中に尋ねた。

「あなたはどうですか？」

池中はしばらく何事か考えた後に、阿岐本に言った。

「原磯が何をしていると言うんだ？」

阿岐本がこたえる。

「今それを説明すると、いわれのない誹謗《ひぼう》中傷ということになりかねません。事実がはっきりするまでお話ししないほうがいいでしょう」

河合が言った。

「そんなまどろっこしいことを言ってないで、今ここに原磯を連れてきて話を聞いたらどうだ？」

阿岐本が言った。

「もう少しお待ちください」

池中が藤堂に言った。

「まあ、確実にこの地域から消えてくれるというのなら、俺は会長に従うよ」

藤堂は田代住職に言った。

「では、今日のところは引きあげることにします」

田代住職が言う。

「山門のところの抗議集団も解散させてください」

藤堂がうなずいた。

「わかりました。話してみましょう」


町内会役員と池中が本堂を出ていった。

大きく溜め息をついて、田代住職が言った。

「やれやれ、失礼なやつばかりで申し訳ありませんなあ」

阿岐本がこたえた。

「とんでもねえ。こちらこそ、ご迷惑をおかけしちまって……」

「原磯のことですがね。私なりにちょっと調べてみました」

「それは助かります」

「あいつは、高森浩太《たかもりこうた》という男と付き合いがあるようで、どうやらそれが宗教法人ブローカーらしい」

阿岐本は驚いた顔で言った。

「昨日の今日で、よくそんなことがおわかりになりましたね」

日村も驚いていた。

「檀家にはいろいろな方がおられますからね。この情報は、原磯と同じ不動産業者の方から聞いたんです」

「なるほど、寺の情報網はヤクザ顔負けですね」

ヤクザは情報産業だと、日村は思っている。寺もそれに匹敵するということか。

田代住職が言った。

「昔から寺は、地域の情報を一手に握っていたんですよ。過去帳なんかも保存しておりましたから。地域の不動産情報を持っている寺もあります」

「なるほど、寺ってのは貴重な存在ですなあ」


本堂を出て山門までやってくると、抗議集団の姿はなかった。藤堂が約束を守ってくれたようだ。

田代住職に別れを告げ、阿岐本と日村は車に戻った。

事務所に向けて出発すると、阿岐本はすぐに電話をかけた。

「ああ、永神か。ちょっと調べてほしいことがある。例の宗教法人ブローカーだが、どうやら高森浩太というやつらしい。何者か洗ってくれ」

そして阿岐本はすぐに電話を切った。

くどくど説明する必要はない。あれだけで、永神はすべての事情を察するはずだ。

事務所に戻ったのは午後一時頃のことだ。

阿岐本が言った。

「腹が減ったな。誠司、昼飯の出前を取れ」

「何にしますか?」

「最近じゃ排除条例でうちに出前してくれるところは限られているな……」

「はい」

「『矢七《やしち》寿司』なら出前してくれるだろう」

「だいじょうぶです」

「じゃあ、若い衆の分もな」

阿岐本は奥の部屋に引っ込んだ。

健一と真吉の姿がない。彼らは、目黒区伊勢元町に行っているのだろう。

テツはいつもと変わらず、パソコンに向かって何かやっている。稔は車を駐車場に入れている。

日村は自ら『矢七寿司』に電話して、上握りを一つ、並を三人前注文した。

鮨を食い、平穏な午後の時間が過ぎていった。阿岐本は奥の部屋から出てこず、日村はいつものソファでくつろいでいた。電話も鳴らない。

つい、睡魔が忍び寄ってきて、日村はうとうとしかかった。

インターホンのチャイムが鳴り、はっと目を覚ました。

稔が応対した。

「永神のオジキです」

解錠するとすぐにドアが開き、永神が事務所に入ってきた。血相を変えている。

「アニキ、いるか？」

「はい」

「えらいことだ」

日村はすぐに取り次いだ。

いったい、何事だろう……。

17

奥の部屋に日村も呼ばれた。

「おう、茶はいいからな」

若い衆にそう言うと、阿岐本はドアを閉めた。

阿岐本と永神がテーブルを挟んで向かい合って座った。日村は立っていたが、阿岐本に「座れ」と言われて、ソファに腰を下ろした。

「その顔を見りゃあ、大事だってことはわかる」

阿岐本が永神に言った。「いったい、何事だ?」

「高森浩太ってやつのこと、調べろって言ったよな?」

「ああ」

「そいつ、関西系の直参《じきさん》だ」

「ほう……」

直参というのは、組長から盃をもらっている者のことだ。当然、幹部ということになる。

永神の説明が続いた。

「二代目花丈《はなたけ》組組長で、本家の若頭補佐だそうだ」

直参と呼ばれる構成員は皆、自分の組を持っている。つまり二次団体の組長だ。本家とは一次団体のことで、高森はそこで若頭補佐をやっているという意味だ。

「そいつは大物だな……」

「年齢は五十六歳。当然、幹部の中では若い」

「それが何で宗教法人ブローカーなんてやってるんだ？」

「直参ともなれば、上納金も半端ねえだろう。シノギがたいへんなんじゃないのか？」

「『関西』はしっかりとしたピラミッド構造じゃねえか。その高森自身が上納金をもらう立場だろう」

一次団体は、二次団体から上納金を取り、二次団体は三次団体から取る。三次団体は四次団体から……。

阿岐本が言ったピラミッド構造というのはそういうことだ。

「だから、その下部団体のシノギがきついわけだ。暴対法やら排除条例やらでがんじがらめだからな」

「宗教法人ブローカーなんてやったら、高森はそれこそ暴対法や排除条例でパクられるんじゃないのか？」

「表には顔を出さないんだろう」

「なるほど……。だから、原磯が必要なわけだな」

「すいません」

日村は言った。阿岐本が聞き返す。

「何だ？」

「健一たちに、伊勢元町に調べに行かせました。万が一、高森の手下などと接触したら……」

阿岐本が即座に言った。

「すぐに呼び戻せ」

「はい。失礼します」

日村は席を立ち、部屋を出た。

健一に電話をかけた。

「はい、三橋。日村さん、どうしました？」

「健一、今どこにいる？」

「伊勢元町内です。原磯と反対住民の関係を調べています」

「すぐに戻れ」

「え？　でもまだ、途中ですが……」

「いいから、すぐに戻れ。できるだけ目立たないようにな」

「わかりました」

日村は電話を切った。そして、奥の部屋に戻った。

阿岐本と永神の話し合いが続いていた。

永神が言った。

「とにかく、事情はどうあれ、西の直参が伊勢元町で何かやろうとしているわけだ。だからといって、へたに手出しはできねえ……」

「手出しはできねえだって？　冗談じゃねえ。今こそ俺たちの出番じゃねえか」

それを聞いて、永神は目を丸くする。

日村は話の流れを把握するために、しばらく黙って聞いていることにした。

永神が言う。

「シノギの邪魔なんかしたらえらいことになるぜ。直参を怒らせたら、本家が黙っちゃいねえ」

「渡世の約束事は、素人さんたちには関係ねえ」

「けど、俺たちはその渡世で生きているんだ」

「神社の神主や寺の住職が、だまされて地域を追い出されるかもしれねえんだ」

「だからって……」

「おい、そもそもこの話を持って来たのはおめえだぞ」

「俺はただ、多嘉原会長の話を聞いてもらおうと……」

「多嘉原会長か……」

阿岐本がつぶやくように言った。「もう一度お目にかからなきゃならねえかな……」

「え？」

永神が目を丸くする。「何で多嘉原会長に……」

「いろいろ報告をしなけりゃならねえだろう。それにな……」

「それに？」

「もしかしたら、高森ってやつのこと、ご存じかもしれねえ」

「はあ……」

「俺が電話をしてみる」

話は終わったということだ。永神は席を立った。日村も部屋を出ようとすると、阿岐本が言った。

「原磯の不動産屋がどこにあるか調べておけ」

日村は「はい」と言って退出した。


健一と真吉が戻ってきていた。

永神が「じゃあな」と言って、事務所を出ていった。

健一が日村に言った。

「大急ぎで戻ってきましたが、いったい何事です？」

「町内で聞き込みをやっていたんだな？」

「ええ。まず、商店街を回っていました」

「妙なやつらに会わなかっただろうな」

「妙なやつら……？」

「つまり他団体の連中だ」

健一と真吉は顔を見合わせた。

「いいえ。会ってません」

日村は言った。

「原磯がつるんでいた宗教法人ブローカーの正体がわかった。高森浩太。西の直参らしい」

さすがの健一も顔色を変えた。

「直参……」

「ああ。花丈組の二代目組長でもある」

「そんな大物だったんですか……。俺はてっきりチンピラがやっていることかと……」

「つまり、手下を連れて行動している可能性が高いということだ」

「そうでしょうね。そんな大物が単独行動しているとは思えないです」

「おまえらが、町内をうろうろしていて、その連中と鉢合わせでもしたら、面倒なことになる。それでなくても、中目黒署の谷津って刑事が目を光らせているんだ」

「わかりました」

「オヤジが、原磯の不動産屋がどこにあるか調べておけと言っていた」

「あ、それならもう調べてあります。商店街の外れにありますね」

「そうか。稔……」

「はい」

「健一からその場所を聞いて、車で行けるように準備しておけ」

「わかりました」

「しかし、西の直参ですか……」

健一が言った。「だいじょうぶなんですか?」

日村は聞き返した。

「何がだ?」

「へたをすると、その高森って人と対立することになるんですよね……」

「だからどうした」

「敵《かな》いっこないでしょう……」

日村は奥歯を嚙みしめた。

「それは、オヤジに言ってくれ」

そのとき、奥の部屋のドアが開き、阿岐本が言った。

「おい、誠司。出かけるぞ」


行き先は多嘉原会長のところだった。

阿岐本の指示に従って、稔がカーナビに住所を入れていた。

「葛飾《かつしか》区金町《かなまち》三丁目……。このあたりですね」

稔が車を停めた。車窓から外を見た阿岐本が言った。

「ああ、ここだ」

金町三丁目は住宅街だ。阿岐本が「ここだ」と言ったのは、立ち並ぶ一戸建て住宅の一つだった。

まったく目立たない二階建ての家だ。日村も車を降りてその家の前に立った。たしかに表札に「多嘉原」とある。

「ここが多嘉原会長のご自宅ですか？」

日村が尋ねると、阿岐本がこたえた。

「昔は事務所もあったが、今は若い衆を置かなくなったようだ」

「はあ……」

暴対法の影響は大きい。かつてはテキヤを何百人も抱える大きな組織だった多嘉原組も、今はこの有様だ。

玄関で阿岐本が声をかけると、驚いたことに多嘉原会長本人が現れた。

「ああ、阿岐本さん。まあ、上がってください」

「お時間をいただき、恐縮です」

「堅い挨拶はなしだよ。もう訪ねてくれる人もいなくなってねえ……」

案内されたのは、ごく普通のリビングルームだった。それほど高級に見えない応接セットがある。

テーブルを挟んで、多嘉原会長と阿岐本が向かい合う。日村は阿岐本の隣に座った。

多嘉原会長と同年代の女性が三人分の茶を盆に載せてやってきた。

「かかあです」

阿岐本と日村は同時に立ち上がった。阿岐本が言う。

「あ、これは姐《あね》さんですか。阿岐本と申します」

「姐さんはもうなしですよ。今じゃ、表に代紋《だいもん》も出せないんですから……」

「うちも同じです」

夫人は「ごゆっくり」と言って別の部屋に消えた。

多嘉原会長が茶をすする。次に阿岐本が茶を飲んだので、日村も茶に手を伸ばした。

「先日はとんだ愚痴《ぐち》をお聞かせしちまいましたねえ。済まんこって……」

多嘉原会長の言葉に、阿岐本がこたえる。

「とんでもねえ。あれからいろいろと勉強させてもらいました」

「ほう……。勉強……」

阿岐本は、宗教法人ブローカーが動いているらしいことを話した。

話を聞きおえると、多嘉原会長が言った。

「駒吉神社もなかなかたいへんのようですね。先代の神主の頃は、世の中がまだおおらかだったんですねえ。祭りになれば、ご近所の人たちが神輿をかついだりしてました。氏子の方もたくさんいらした……」

「近くにある寺もたいへんでして……」

阿岐本は、鐘の音が問題になっていることを話す。

「夕暮れに鐘。年越しの鐘……。そういうもんに風情を感じたり、大切なものだと感じるような時代じゃないのかもしれませんねえ」

「その寺にも宗教法人ブローカーが近づこうとしているんじゃねえかと、私は思っています」

「へえ、そうなんですか？」

「近所の不動産屋が、駒吉神社の氏子総代や西量寺の檀家総代になりたいと言っているらしい」

「本来なら、そういう人がいてくれると心強いんだが……」

「その不動産屋がどうやら宗教法人ブローカーとつながっているらしいんです」

「なるほどねえ……」

「その宗教法人ブローカーなんですが、高森浩太ってやつだというんです。この名前に聞き覚えはありませんか？」

「さて……」

多嘉原会長はふと考え込んだ。「知らないねえ。何者なんでしょう？」

「西の直参だということです」

「直参……」

「はい。花丈組二代目だそうで……」

多嘉原会長は穏やかな表情のままだが、目が変わった。目の奥が底光りしている。日村はぞっとした。

「阿岐本さん。それで、どうなさるおつもりですか?」

「神社の大木神主や、寺の田代住職がお困りになるようなことを、放っておくわけにはいきません」

するると、多嘉原会長が両手を膝に置き、頭を下げた。

「あい済まんこってす。私が妙な愚痴を聞かせちまったばっかりに……」

「そういうことではありません。これは、私と大木さん、そして、私と田代さんとの問題です。それに……」

多嘉原会長は顔を上げた。

「それに?」

「私がなくしたくないと思うもの、なくしてはいけないと思うものを守るためにやることです」

多嘉原会長は笑みを浮かべた。

「そいつは、私らみてえに消えていくものの意地でしょうかね?」

「消えていくものの意地です」

多嘉原会長がうなずいた。

「その、高森ってやつのことは調べておきましょう」

「お手数をおかけします」

阿岐本は頭を下げた。

車に戻ると阿岐本は、稔に言った。

「原磯の店に行ってくれ」

稔が「はい」とこたえて車を出す。

日村は言った。

「伊勢元町に行ってだいじょうぶでしょうか……」

「何がだ？」

「健一たちを引き上げさせたでしょう。高森の手下がうろついているかもしれません。谷津のことも気になります」

「だからさ、ぱっと行ってぱっと引きあげるんだ」

「相手が原磯の店の周りで張っているかもしれません」

「訪ねるなら今なんだよ」

「今……？」

「高森はまだ、俺たちのことを知らねえだろう」

「そうでしょうか。原磯からすでに聞いているかもしれません」

「それなら、もう接触してきているはずだ」

「はあ……」

「あるいは、知っていても、弱小の一本独鈷《いっぽんどっこ》なんて気にもしてねえんだろう」

「そうとは思えません。相手がどんなやつだろうと邪魔しようとするやつはつぶす。それができない組織のやり方です」

「おめえは本当に心配性だな」

「だから生き残れたと思っています」

「……にしても限度があるよ。心配するな」

阿岐本の言葉は自信に満ちている。この自信はいったいどこから来るのだろうと、日村は思った。

おそらく、何の根拠もないのだ。


そろそろ夕方の渋滞が始まる時間帯で、東から西へ都心を横断するのは時間がかかると思ったが、意外なほど短時間で目的地にやってきた。

渋滞がまだ本格化していないせいもあるが、稔のコース取りのうまさのおかげだ。誰にでも取り得がある。

『ハライソ不動産』は大通りから商店街に入ってすぐの雑居ビルの一階にあった。

「へえ、いい立地じゃねえか」

車を降りた阿岐本が言う。

日村たちが店に入ると、女性従業員がすかさず「いらっしゃいませ」と言った。原磯に会いたいと言うと、その女性従業員はすぐに取り次いでくれた。

店の奥から原磯がやってきて、日村と阿岐本を見るとたちまち不安そうな表情になった。

「何でしょう」

阿岐本がこたえた。

「土曜日の『梢』での話の続きです」

「話の続き……？」

「人目のないところでお話がしたいのですが……」

しばし戸惑っている様子だ。どうしていいかわからないのだろう。うろたえた挙げ句に警察でも呼ばれたら面倒だな。日村がそう思ったとき、原磯が言った。

「こちらへどうぞ」

案内されたのは、店の奥にある小部屋だった。応接セットがあるところを見ると、店先で応対せずに、ここに案内する客もいるのだろう。

賃貸などではなくマンションや土地購入といった大口の客だ。

ソファに腰を下ろすとすぐに、阿岐本は言った。

「ヤクザ者と付き合っちゃ、ろくなことになりませんよ」

「は……？」

原磯の顔色が悪い。阿岐本の言葉が続く。

「私らが言えた義理じゃねえんですが、利用しているつもりでも、いつの間にか利用されちまう」

「何のお話でしょう？」

「宗教法人ブローカーとお付き合いがあるでしょう？　あなたが、大木神主や田代住職に近づいて、氏子総代や檀家総代になりたがっているのは、そのためじゃないですか？」

「何をおっしゃっているのかわかりませんね。不動産のご用命でないのなら、お帰りください」

「どういう経緯でお知り合いになられたのかは存じません。しかし、高森などと付き合っていいことなど一つもありません」

「これ以上居座るおつもりなら、警察を呼びますよ」

「谷津さんですか？」

谷津の名前を聞いて、原磯の顔色がますます悪くなる。阿岐本の言葉が続いた。

「谷津さんと良好な関係を築いているとしたら、それはいいことです。しかし、今のままなら、あなたも高森といっしょに捕まりかねませんよ」

「私は捕まるようなことはしていません」

「暴対法や排除条例は、ヤクザ者にとっては極めて面倒でしてね……。高森があなたを利用して何か経済活動をやろうとしたら、条例違反で捕まる。そうすれば、あなたも共犯です」

「ばかな……」

原磯の額に汗が滲みはじめる。

「まあ、捕まらないまでも、ヤクザ者と何か画策していたら、最後には尻の毛まで抜かれちまいますよ」

そのとき、日村は表のほうが騒がしくなったのに気づいた。

「オヤジ……」

日村がそう言ったとき、突然ドアが開いた。そこに谷津が立っていた。

18

誰かが通報したのだろうか。いや、まだそんなタイミングではない。おそらく、谷津は原磯の店を張っていたのだろう。

言わんこっちゃないと日村は思ったが、阿岐本は涼しい顔をしている。

「おや、谷津さん」

阿岐本が言った。「どうされました？」

「どうしたもこうしたもねえよ。おまえらここで何してる？」

「原磯さんとお話をしています」

「脅しをかけているんじゃないだろうな？」

「そいつは誤解ですよ」

すると谷津は、原磯に尋ねた。

「どうなんだ？」

原磯の顔色はすでに回復していた。谷津を見て急に強気になった。

「訳のわからないことを言われてたんですよ。イチャモンですね」

「そいつは聞き捨てならねえな」

谷津は阿岐本に言った。「今日こそ、署に来てもらうぞ」

「わかりました」

阿岐本が言った。「お供いたします」

こいつはヤバいな。日村は思った。

一度警察に連行されたら、しばらくは解放してもらえないだろう。任意だろうが何だろうが、反社には関係ない。

警察はあの手この手で日村たちの勾留を続けるだろう。そして、厳しい取り調べをする。道場に連れ込んで拷問《ごうもん》することもある。

さすがに取調室で乱暴を働くとまずいので、稽古と称して道場に連れていき、柔道の技で投げたり絞め落としたりする。

そんな話を一般人にすると、「まさか」と言うが、反社相手だと警察はそういうことをやるのだ。

谷津のペアらしい若い私服と、見覚えのある地域課の制服警察官二人がやってきて、阿岐本と日村を引き立てた。

手錠はかけない。逮捕ではないのだ。

部屋から連れ出される直前、阿岐本が原磯に言った。

「いいですか？　できれば彼らとは縁をお切りなさい」

中目黒署に連れていかれると、阿岐本とは別々に話を聞かれることになった。日村は一人、取調室で待たされた。

窓もない部屋でどれくらい時間が経ったのかわからない。一人で部屋に閉じ込めるのはやつらの手だと、日村にはわかっていた。

これから何をされるのかわからないまま長時間放置されると不安が募る。

特に気の弱いやつは、こういう緊張状態に置かれるとたちまち尿意を覚える。その尿意が不安を強め、さらに肉体的な不調を招く。

悪循環に陥《おちい》るわけだ。それでパニックになるやつもいる。

わかっていても辛い。放っておかれるだけなら楽だろうと人は言うかもしれないが、そうではない。精神的な拷問に近いと、日村は思う。

オヤジは何をされているだろう。おそらく、谷津から質問攻めにあっているのだ。谷津は、阿岐本の言葉尻を捉えて何とか罪に問おうとするはずだ。

阿岐本が谷津の攻撃に屈するとは思えないが、法律には勝てないだろう。

この先のことを想像すると、日村は暗澹《あんたん》とした気持ちになった。

永神のオジキを怨みたくなる。永神が持ってきた話に乗って、神社や寺を訪ねたことが発端だった。

これまでにも、永神のせいでいろいろな職業と関わった。だが、警察沙汰になったことはほとんどない。

組長が警察に捕まったとなれば、万事休すだ。阿岐本が服役することになったら、組を畳むことも考えなくてはならない。

組がなくなったら、健一、稔、真吉、テツは、いったいどうやって生きていけばいいのだろう。日村自身も生きる術《すべ》を失うのだ。

真面目に仕事を探せばいいと人は言う。だが、元ヤクザを雇ってくれる人がどれだけいるだろう。

だいたい、まともな職に就けるようなやつはヤクザにはならない。自業自得と言われるかもしれないが、世間の風は冷たいのだ。

自分はどうやら恐れていた悪循環に陥っているようだと、日村は思った。想像が悪いほうへ悪いほうへと向かっていく。

それに気づいても、自分ではもはやどうすることもできない。

いったい、どれくらい時間が経ったのだろう。そして、この先どれくらいこの状態のまま放っておかれるのだろう。

絶望がひたひたと忍び寄ってくる。

突然、ドアが開いた。

日村は、はっと戸口を見た。そこに谷津が立っていた。日村は言った。

「ようやく俺の取り調べですか。ずいぶん待ちましたよ」

谷津が黙って場所を空けると、そこに阿岐本が立っていた。

「誠司」

阿岐本が言った。「帰《けえ》るぜ」

「え……？」

日村は訳がわからず、阿岐本と谷津の顔を交互に見た。

谷津が言った。

「聞こえなかったのか？　さっさと行け」

日村は立ち上がった。


電話をかけると、稔が車を警察署の前まで持ってきた。

阿岐本と日村が乗り込むと、稔が言った。

「こんなところに停めて、駐禁取られませんかね？」

日村はこたえた。

「そう思ったら、すぐに出せ」

「はい」

車が走りだすと、日村はようやく落ち着きを取り戻した。大きく一息つくと、日村は阿岐本に尋ねた。

「いったい、どういうことです？」

「何の話だ？」

「谷津はどうして自分らを釈放したんです？」

「釈放も何もねえよ。任意なんだからな」

「マル暴にヤクザが任意だ何だって言ったって通用しないでしょう」

「そんなことはねえよ。法律は法律だ」

「谷津とどんな話をなさったんです？」

「ありのままを話したよ。そうしたら、谷津は興味を示したってわけだ」

「興味を示した……？」

「綾瀬あたりの、組員五人の一本独鈷と、大組織の直参と、谷津にとってどっちがおいしいと思う？」

「あ……」

日村は言った。「取り引きしたってことですか？」

「取り引きじゃねえ。ありのままを話しただけだって言っただろう」

「つまり、高森が地域の神社や寺を狙っていると……」

高森が宗教法人ブローカーをやっており、駒吉神社や西量寺の法人格を買い取ろうとしている。阿岐本はそれをそのまま谷津に話したということだろう。

西の直参が管内で暗躍していると知り、谷津は俄然興味を示したわけだ。

「ただし、宗教法人ブローカー自体は違法じゃねえ。それを警察が取り締まることはできねえ」

「現状では、谷津が高森を逮捕するわけにはいかないということですね？」

「そうだなあ……」

「じゃあ、どうします？」

「敵の出方次第だが……」

「西の大組織とうちじゃ喧嘩になりませんよ……」

「おい、誠司」

阿岐本の声が凄みを増したので、助手席の日村は慌てて振り返った。

「はい……」

「喧嘩ってのはな、ただ数が多けりゃ勝てるってもんじゃねえんだ」

「いや、それにしても桁が違うでしょう」

「勝つためにどうすればいいか、必死で考えるんだよ。それが喧嘩ってもんだ」

「はい」

オヤジには何か目算があるのだろうか。

日村の中ではまだ、取調室に閉じ込められていたときの嫌なイメージが尾を引いていた。事務所のビルに大勢の敵がなだれ込み、めちゃくちゃにされる様を想像していた。

「なに辛気くさい顔してるんだ」

阿岐本が言った。「ホントにおめえは心配し過ぎなんだよ」

「はあ……」

いや、オヤジが心配しなさ過ぎなんじゃ……。

「何もかも一人で背負い込んでいるような気分なんだろう」

「それほどうぬぼれてはおりませんが……」

「いいかい。うちはたしかに小せえ一本独鈷だ。だがな、孤軍奮闘というわけじゃねえ」

「え……？」

「少なくとも田代住職は俺たちの側にいてくれるようだ」

「そうですね」

「多嘉原会長もいてくれる」

「はい」

「それに、この先の成り行き次第じゃ、谷津だってこっちにつくかもしれねえ」

「それは賭けですね」

「博徒なら賭けなきゃな」

不思議なもので、阿岐本の話を聞いているうちに、不安が解消していった。オヤジについていけばだいじょうぶだ。

そんな気がしてくる。

いや、待て待て。物事は何一つ好転してはいない。日村は慌てて気を引き締めた。

事務所に戻ったのは午後七時頃のことだ。

「あ、帰ってきた」

そう声を上げたのは、甘糟だった。仙川係長の姿もある。

「ご苦労さんです」

阿岐本が頭を下げたので、日村も礼をした。

甘糟が言った。

「中目黒署に連行されたんだって？　まったくよその縄張りで何やってんのさ」

日村がこたえた。

「警察が縄張りなんて言葉を使っちゃいけません。それは自分らの言葉です」

「質問にこたえてよ」

阿岐本が言った。

「谷津さんに、事情を説明しておりました」

仙川係長が尋ねた。

「何の事情？」

「あの地域で何やら怪しげな動きがありますので……」

「怪しげな動き……？」

逆に阿岐本が尋ねた。

「私らが捕まったことは、谷津さんからお聞きになったんで……？」

仙川係長がこたえる。

「そんなことはどうでもいいだろう」

態度が「そうだ」と言っている。仙川係長は質問を続けた。

「怪しい動きって何だ？」

「申し訳ありませんが、そいつは谷津さんから聞いていただけませんか？」

仙川係長は戸惑いの表情を見せた。谷津が苦手なのだ。

「そんな手間をかける必要がどこにある。あんたが話せばいいだろう」

「私は谷津さんのご機嫌を損ねたくねえんですよ」

「機嫌を損ねたくない？」

「今日、谷津さんにしたのは、言わばないしょ話です。まだあまり知る人のいない情報です」

「それがどうした？」

「想像してみてください。誰かが仙川係長にとっておきの情報だって話をして、そいつを大切にしていたら、別の署の刑事が同じ話を知っていた、なんてことになったら、どう思います？」

「そいつは……」

仙川係長は言い淀んだ。

さすがにうまいなと、日村は思った。阿岐本は、出世欲が人一倍強く常に実績のことを気にしている仙川係長の心理を巧妙に衝いたのだ。

「ですから、私の口からは言いたくないんですよ。今、谷津さんの機嫌を損ねるようなことをやっちまったら、逮捕されかねませんからね」

「谷津が逮捕だと？」

仙川係長が言った。「そんなことはさせない。あんたらを逮捕するのは、俺の役目だ」

阿岐本はうなずいた。

「……というわけで、私は少々疲れましたので、上で休ませていただきます」

阿岐本がまた頭を下げて、仙川係長に背を向ける。仙川係長は何も言わず、阿岐本の後ろ姿を見送った。

甘糟が日村に言った。

「谷津はどうしてあんたらを署に連れていったの？」

「谷津さんから連絡があったんでしょう？　何と言っていたんです？」

「ただ、阿岐本組の二人を預かったと……」

「おい」

仙川係長が言った。「余計なことを言うな」

「あ、すいません」

甘糟がたちまち小さくなる。「でも、経緯を知っておいたほうが……」

仙川係長が日村を見て言った。

「どこでどういうふうに、谷津に捕まったんだ」

「中目黒の不動産屋にいたら、谷津がやってきて……」

仙川係長が言った。

「おまえが呼び捨てにするな」

「谷津さんがいらして……」

「なんで、中目黒の不動産屋なんかにいたんだ？」

日村がこたえようとすると、先手を打つように仙川係長が言った。

「待てよ。部屋を探していたなんていう見え透いた嘘はつくなよ」

「その不動産屋の経営者が、ちょっと怪しい動きをしていましてね」

「どういうふうに怪しいんだ？」

「だから、それは谷津さんに訊いてください」

仙川係長はうんざりした顔で言った。

「何で俺が谷津に訊かなきゃならないんだよ」

「自分らがその不動産屋で経営者と話をしていたら突然、谷津が……、いや、谷津さんが現れたんです。どうして自分らがその不動産屋にいたことを谷津さんが知っていたのか……。そいつは自分らにもわからないんです」

「従業員か誰かが通報したんじゃないのか？」

「それにしては谷津さんの現れるのが早かったように思います」

仙川係長が考え込んだ。

「どういうことだろうな……」

すると、甘糟が言った。

「張り込んでいたんじゃないでしょうか？」

「張り込んでいた？」

仙川係長が聞き返した。「何のために？」

「それは谷津さんに訊かないと……」

仙川係長は顔をしかめる。

「あいつに電話するのが嫌なんだよ」

そして、仙川係長はふと気づいたように甘糟を見た。「そうだ。君が電話してくれ」

甘糟が目を丸くする。

「え？　自分がですか？」

「そうだ。それがいい。どうして、阿岐本組の二人が不動産屋を訪ねていることがわかったのか。そして、何のために署に連行したのか。いったい、中目黒署管内で何が起きているのか。

それを聞き出すんだ」

甘糟が泣きそうな顔になる。

「えー？　どうしても僕が電話しなきゃならないんですか？」

「そうだ。上司の命令だ。そうと決まれば、署に戻ろう」

仙川係長は出入り口に向かった。

甘糟は日村に「じゃあね」と言って、仙川係長を追っていった。

二人が事務所を出ていくと、健一が言った。

「警察に捕まったんですか？」

日村は「ああ」とこたえた。

「それ、いつ頃のことです？」

「たしか、五時半を過ぎた頃だったと思う」

「それでもうお帰りですか。よく出てこられましたね」

「オヤジが刑事と話をしたらしい」

「どんな話ですか？」

「刑事が興味を持つような話だ」

「西の直参の話ですか？」

「そうだ。だが、俺も詳しい話の内容は知らない」

健一たち若い衆は互いに顔を見合わせている。彼らは緊張しているのだ。

この先どうなるか心配しているのだろう。

日村も心配だった。

19

翌日の午前十時過ぎに、甘糟と仙川係長がまたやってきた。

来客用のソファに座らせようとしたが、彼らは頑《かたく》なにそれを拒んだ。よほどきつくヤクザ者との付き合い方を指導されているようだ。

二人は出入り口付近に立ったままだった。仕方がないので日村も立っていた。

日村が立っているので、若い衆も立っている。座っているのはパソコンの前のテツだけだ。

日村は言った。

「谷津に電話したんでしょう？　何かわかりましたか？」

仙川係長が反感むき出しで言う。

「おまえが谷津って呼び捨てにするな」

甘糟が言った。

「谷津さんは、何も教えてくれないんです」

「マル暴刑事同士でしょう。情報交換とかしないんですか？」

「谷津は特別だよ」

仙川係長が悔しそうに言う。「あいつは、成果を挙げるために情報を独り占めするんだ。知りたいことは他人から聞き出すくせに、自分が握っている情報は出さない」

「そこを聞き出すのが刑事の腕なんじゃないですか？」

するると、仙川係長が甘糟に向かって言った。

「おい、こんなこと言われてるぞ。どうする」

甘糟がおろおろしながら言う。

「いや、俺だって何とか聞き出そうとしたんだよ。でもね、格が違うんだよ。あんたらの言葉で言うと、貫目が違うってやつ？」

「貫禄負けしてどうするんですか」

「逆にあれこれ尋ねられる始末だよ……」

「何を訊かれたんですか？」

「阿岐本組は本当に一本独鈷か。どこか大きな組とのつながりがあるんじゃないか。そんなことを訊かれた」

「何とこたえたんです？」

甘糟は聞き返してきた。

「あの……。阿岐本組は本当に上位団体とかないの？　あるいは、何かの連合に加盟しているとか……」

「ありません」

だが、実はまったく他団体とつながりがないわけではないらしい。阿岐本が若い頃に、気の合った同業者たちと兄弟盃を交わしたそうだ。

その兄弟分が後に名のある親分になったりしているらしい。

日村も詳しいことは知らない。失礼があってはいけないので同業者との関係はなるべく詳細に知っておくことにしているが、阿岐本の若い頃のことは「知る必要はない」と言われているのだ。

しかし、そうしたつながりがあるから、今の阿岐本の「顔」があるのだと、日村は思っている。

「そうだよね」

甘糟が言った。「谷津さんにそう言ったんだ。すると、谷津さんは言うんだ。ちゃんと調べておけって」

「今言ったとおりです。うちは間違いなく一本独鈷です」

甘糟が困った様子で仙川係長の顔を見た。仙川係長が言った。

「谷津が話してくれないのだから、おまえらに訊くしかない。組長が谷津にしたないしょ話ってのは、いったい何だ?」

「私からはお話しできません」

「何だって?」

「オヤジから許されておりませんので……」

仙川係長が言った。

「だったら、組長に訊こうじゃないか」

「わかりました。少々お待ちください」

「あ、何しようって言うんだ？」

「オヤジから話が聞きたいのでしょう？　都合を訊いてまいります」

仙川係長は精一杯虚勢を張っているのだ。本当に阿岐本に取り次ぐと言われて慌てている。

日村は構わずに奥の部屋に行き、ノックをした。

「入《へえ》んな」と言われ、阿岐本に仙川係長と甘糟が来ていることを告げた。

「谷津の件、オヤジから聞きたいと言ってるのですが……」

「ああ、わかった。通しな」

仙川係長はすっかりビビっているのだが、なんとか表に出すまいとしている。それが見え見えだった。

ことさらに威厳を保とうと、いかめしい表情だ。

阿岐本が言った。

「私に訊きたいことって、何です？」

仙川係長が言った。

「谷津にしたないしょ話の内容を聞きたい」

「ですから、それは谷津さんに訊いていただきたいと……」

「谷津は何も話さない」

「何も……？」

「そうだ。おまえたちは目黒区の不動産屋で谷津に引っぱられたと言ったな。だが、谷津は、どうしておまえたちがその不動産屋にいることを知ったのかとか、何のために署に連行したのかとか、何も話そうとしない」

「そうですか……」

「だから、おまえから聞くしかないんだ」

「聞いてどうなさいます」

「そりゃ……」

仙川係長が言い淀む。「それ相応の措置を取る」

「相応の措置というのは？」

「それは、話を聞いてから決める」

「一つ、約束していただきたいんですがね」

「何だ」

「話を聞いても、谷津さんの邪魔はしないと……」

「おまえは、谷津の味方をするというのか？」

阿岐本はかぶりを振った。

「決してそういうわけではありません。ただね、谷津さんにちゃんと動いていただかなければ、私らの命が危ないので」

「命が危ないだと？」

「はい。私らはそういう世界に生きておりますので……」

「い、粋がるなよ」

仙川係長は完全に気圧《けお》されていた。「ヤクザはそうやって、すぐ恰好をつけるんだ」

「別に粋がってはおりません。事実を申し上げているのです」

「いいからもったいぶってないで、話せよ」

「約束していただかないと、話せません」

「谷津の邪魔をしないという約束か？」

「はい。谷津さんには仕事をしていただかないと困ります。そして、仙川係長や甘糟さんには、ただ邪魔しないというだけでなく、谷津さんに協力していただけると助かります」

阿岐本の狙いは明らかだ。西の直参には単独ではとても太刀打ちできない。だから、利用できるものは何でも利用するつもりだ。

警察をも利用しようというのだ。

「なんで俺たちが谷津に協力しなけりゃならないんだ」

「でかい捕り物になるかもしれません」

阿岐本は言った。「成果を挙げられるチャンスだと思います」

「成果を挙げるチャンス」

仙川係長は、この言葉に弱い。「とにかく、話を聞こう」

「いいでしょう」

阿岐本は話しはじめた。

駒吉神社が多嘉原会長らテキヤとの付き合いを止めたところから始まり、原磯が町内会の実権を握ろうとしており、なおかつ、駒吉神社や西量寺に近づこうとしていること。そして、その背後には宗教法人ブローカーがいることを伝えた。

「……その宗教法人ブローカーってのが、高森浩太というやつでして、そいつは西の直参だそうです」

仙川係長の眼が輝く。

「西の直参……。そいつは大物だな……」

「はい。花丈組二代目組長でもあります」

「それで……？」

「人が住む場所には、なくてはならないものがあります。水道・電気・ガスといったインフラに始まり、スーパーなんかの商業施設、病院、学校……。そして、神社や寺もそうだと、私は思います」

「神社や寺が……？」

「体が病めば病院に行きます。そして、心が病まないように神社や寺が必要なんじゃねえかと……」

「どうかね……」

「とにかく、よこしまな理由で地域から神社や寺を奪っちゃいけねえ。そう思うんです」

「つまり、あんたはその西の直参に楯突こうとしているわけか?」

「はい」

実にあっさりとしたそのこたえに、仙川係長と甘糟はたじろいだ。

仙川係長が言った。

「ただじゃ済まんぞ」

「私らだけじゃどうしようもねえかもしれません。でも、いくら西の直参といったって、全国二十九万の警察官にはかなわねえでしょう」

甘糟が言った。

「それって、警察官だけじゃなくて一般職員を含めた数ですけどね……」

甘糟を無視して仙川係長が言った。

「ははあ……。それで谷津に仕事をしてもらう、なんて言ったんだな? 警察を巻き込むつもりか」

「市民の義務として、情報提供をしているのですよ。何度も申しますがね、よこしまな理由で地域から神社や寺がなくなるのは、黙って見てられねえんですよ」

「なるほどな。谷津が俺たちに何も言わないのは、手柄を独り占めにしたいからだな……」

「ただ……」

阿岐本が言う。「今のままだと、警察だって高森に手出しはできねえでしょう」

「なに、西の直参となれば立派な指定団体だろう。だったら、暴対法で引っ張れる」

「そのためには、高森が指定暴力団の威力を示して暴力的要求をしたことを証明しなければならないでしょう」

「そんなもん、どうにでもなるさ」

「検挙したはいいが不起訴になった、では困るのですよ」

「じゃあ、どうすればいいと言うんだ」

「ですから、我々が情報提供をすると申しておるのです」

仙川係長はぽかんとした顔になった。

「その情報を谷津と共有しろと言うのか……」

「もし、高森を挙げられたら、いろいろと余罪を追及できるんじゃねえでしょうかね」

仙川係長は一転して思案顔になる。

しばしの沈黙の後に、彼は言った。

「少し考えてみる」

それから甘糟に向かって言う。「おい、引きあげるぞ」

「はい……」

二人が部屋を出ていくと、阿岐本が日村の顔を見て言った。

「何だ？　何か言いたいことがあるのか？」

「いえ、言いたいことなど……。ただ……」

「ただ、何だ？」

「同業者を売るような気がして、少々気が咎《とが》めます」

「言いたいこと、言ってるじゃねえか」

「すいません」

「おめえの言うことは百も承知だよ」

「はあ……」

「けどな、誠司。駒吉神社と西量寺は守らなけりゃならねえ」

「おっしゃるとおりです」

「そのためにも、俺は喧嘩を覚悟した。喧嘩となれば、なりふり構わず何だってやる。じゃなきゃあ……」

「じゃなきゃ？」

「死んじまうよ」

「わかりました」

「谷津が甘糟さんたちに、何も教えないというのは、どういうことかわかるか？」

「仙川係長も言ってましたが、手柄を独り占めしたいんじゃないでしょうか」

「つまりさ、本気になったってことだよ」

「本気に……」

「谷津は本気で高森を調べて挙げる気になったんだ。そうなりゃ、どうしたって隠密行動になるだろう」

「そういうもんですか」

「そういうもんだよ。さて、ちょっと原磯の様子でも見てくるか」

「また谷津に引っぱられたりしませんか?」

「あいつは、俺たちが投げた獲物に食らいついたんだ。もう俺たちのことなんざ、気にしねえよ」

「稔に用意させます」


原磯の店にやってきたのは午前十一時頃のことだった。阿岐本と日村の姿を見ると、従業員は慌てて奥にいる原磯を呼びに行った。

原磯は露骨に嫌な顔をした。

「警察に捕まったんじゃないんですか?」

阿岐本はにこやかにこたえた。

「谷津さんとお話ししただけですよ。別に捕まったわけじゃありません」

「まだ何か用ですか?」

「昨日申し上げたこと、念を押しておこうと思いましてね……」

そのとき、奥の部屋から誰かが顔を覗かせた。何事かと様子をうかがっているようだ。

その顔を見て、日村は言った。

「あなたはたしか、区役所の斉木さんでしたね」

斉木は驚いたように日村を見た。ドアを閉めるに閉められず、立ち尽くしている。

阿岐本が言った。

「ほう。区役所の……。何かお仕事のお話し中でしたか？」

原磯が言った。

「ごらんのとおり、取り込んでいるんですよ」

阿岐本が言う。

「じゃあ失礼しますが、区役所と不動産業者の組み合わせってのは、何だか怪しい気がしますね」

原磯が言う。

「怪しいのはあんたらだろう」

斉木が言った。

「私はべつにやましいことはしていませんよ。地域のためにやっていることです」

「ほう、地域のため」

斉木が溜め息をついて言った。

「空き家問題ですよ。ご存じでしょう。持ち主のわからない空き家が問題になっているのを……」

「ああ……。荒れ放題の空き家が、処分することもできず放置されているらしいですな」

「この地域にもありましてね。それで、持ち主がわからないか原磯さんに問い合わせていたんです」

阿岐本が原磯を見た。

「それで……？」

「ずいぶん古い物件で、登記簿を入手しても持ち主はわからなかったんだ」

斉木が言った。

「それで、困り果てていたんですがね……」

阿岐本は言った。

「ひょっとしたら、わかるかもしれません」

斉木が聞き返した。

「え？　どうやって……」

「西量寺へ行ってみるといい」

原磯が言った。

「不動産屋でわからないものが、寺でわかるはずがないでしょう」

阿岐本が言った。

「ダメ元で、今から行ってみましょう」

阿岐本、日村、原磯、斉木の四人で西量寺を訪ねることになった。

西量寺の田代住職は、やってきた四人の顔ぶれを見て目を丸くした。

「こりゃ意外な組み合わせですな」

阿岐本が言った。

「今日はちょっとうかがいたいことがあって参りました」

「訊きたいこと？　何でしょう」

斉木が持ち主不明の空き家について説明した。

「持ち主がわからないと、区としても処分のしようがないんで……」

「でも、たしか持ち主がわからない物件でも処分できるように民法が改正されたんじゃ……？」

「そうなんですけど、それには『調査を尽くしても持ち主がわからない』という条件があるんです。その上で、利害関係者が地方裁判所に申し立てて、弁護士や司法書士なんかの管理人を選定したりと、やたら面倒で……。持ち主が特定できれば、それが一番なんですよ」

「どこの物件なんです？」

斉木が地図を取り出して説明する。すると、田代住職は言った。

「ああ、これならわかるかもしれない」

斉木と原磯が驚いた顔になる。斉木が尋ねた。

「本当ですか？」

「ああ、ちょっと本堂で待っていてくれ」

四人は本堂に上がり、田代住職は寺務所に向かった。

それから、二十分ほどして、田代住職が木箱を携えて本堂にやってきた。その木箱を四人の前に置くと、蓋《ふた》を持ち上げた。

斉木が箱を覗き込むようにして尋ねる。

「何です、これは」

田代住職がこたえた。

「過去帳です」

「過去帳……」

「檀家の方々のご先祖さまの記録ですよ」

田代住職が、箱の中から一冊取りだし、丁寧にページをめくっていく。四人はその様子を無言で見つめていた。

とても神聖なことをしているように、日村は感じた。

やがて、田代住職は言った。

「あ、ありました。これでしょう」

斉木はそのページを覗き込む。そして、自分が持っている地図と照らし合わせた。

「古い住所の記述ですが、まちがいなくこの場所ですね」

「故人のお名前は、河合忠太郎……。あれ、これって……」

田代住職が妙な顔をしたので、斉木が尋ねた。

「何です？　その方がどうかしましたか？」

田代住職は原磯に言った。

「町内会役員の河合忠さんのご先祖じゃないか?」

「名前からするとそのようだが……」

田代住職は、その過去帳を見直して言った。

「間違いない。河合忠太郎さんは、河合忠さんの曽祖父《そうそふ》に当たる方ですね」

原磯が首を傾《かし》げる。

「その家がどうしてほったらかしになってるんだ?」

田代住職がこたえる。

「それは俺にはわからない」

斉木が言った。

「それは私が当たってみましょう。いやあ、しかし、寺でこんなことがわかるなんて驚きです」

「舐《な》めてもらっちゃ困るね」

田代住職が言った。「古来、寺というのはあらゆる知識の宝庫だったんだ。奈良・平安の時代には、寺に最高の学問が伝えられた。檀家制度ができると、地域の住民の記録が保存されたんだ。子供たちに読み書きを教えたのも、もともとは寺だ」

斉木が言った。

「恐れ入りました。では、さっそく河合さんに連絡を取ってみます」

20

斉木と原磯は西量寺を去っていった。原磯は一刻も早く阿岐本たちから解放されたい様子だった。

二人がいなくなると、阿岐本が田代住職に言った。

「突然のことで、失礼しました」

「いや、造作もないことです」

「しかし、過去帳というのは貴重なものですね」

「ええ。このあたりは空襲を免れたので、古い記録が残っていますね」

「寺がなくなったら、そういう記録も失われるんですね」

「事実、日本中でそういうことになっているようですな。後継ぎがいなくて廃寺になったら、過去帳を管理・保管する人もいなくなります」

阿岐本がうなずく。

「おっしゃるとおりですね。このお寺がいつまでも栄えていかれることを祈っております」

「そういうお言葉は、お愛想でもありがたいね」

「私は本気ですよ」

「ところで、どうして原磯といっしょだったんです？」

「あの人とは話をしなければならないと思いましてね」

「例の宗教法人ブローカーの話ですね」

「付き合うやつを間違えると、とんでもないことになるとご忠告申し上げているんですがね……」

「人の言うことを聞くようなやつじゃないですよ」

「その後、追放運動の人たちは……？」

「ウイークデイは静かですよ」

「何かあったら知らせてください」

「ああ。そうしますよ」

阿岐本と日村は事務所に戻ることにした。


昼の十二時頃、事務所に到着した。

若い衆が、食事の用意をしていた。阿岐本が言った。

「おう、俺もメシをもらおうか」

健一がこたえた。

「粗末な食事ですよ」

「米と味噌汁《みそしる》があれば上等だよ。奥の部屋に運んでくれ」

「はい」

日村も食事をすることにした。ご飯に味噌汁、そして焼き魚だ。阿岐本が言ったとおり、これで充分だと、日村は思った。

食事をしながら、日村はテツに訊ねた。

「何かわかったか？」

テツも食事を続けながらこたえる。

「二代目花丈組ですが、ほとんど実体がないようです」

「実体がない？」

「事務所を別名義で借りていたという容疑で、組長の高森が逮捕されたことがありました。それ以来、事務所も持てずにいます。ネットで拾えるニュースはそれくらいです」

「西の直参なのに話題はなしか……」

「釣りが好きらしいです」

「釣り？　高森がか？」

「原磯といっしょに東京湾でボートをチャーターして釣りをしている写真がＳＮＳにアップされていました」

「極道が釣りの写真をＳＮＳにアップか……」

そういう世の中なのかと、日村は思った。

午後二時過ぎに、また永神がやってきた。なんだか、渋い顔をしている。

「アニキ、いるかい」

奥の部屋に案内すると、いつものように「誠司もいっしょに話を聞け」と阿岐本に言われた。

阿岐本と永神が向かい合って座り、日村は阿岐本の隣に腰を下ろした。

「嫌な噂を聞いてな……」

永神がさっそく話し出す。

「何だ？　噂って」

「高森には中国マネーが流れているという噂だ」

「あり得ない話じゃねえな……」

阿岐本は思案顔になった。「中国人資産家が、日本の宗教法人を買いたがっているという話は聞いたことがある」

「そもそも高森が宗教法人ブローカーをやろうと考えたのは、そうした中国人の需要があったからかもしれない」

「あの……」

日村は言った。「二代目花丈組は、ほとんど実体がないと、テツが言っていました」

永神がうなずいた。

「先代の頃はそれなりに羽振りはよかったんだがな。暴対法や排除条例のあおりをもろに食らっちまったんだ。まあ、二代目の器量にも問題があったんだろうがな……」

「事務所の件で、逮捕されたっていうことですが……」

「そうらしいな。それ以来、花丈組は事務所を持っていない。実体がないと言ったがな、それは地下に潜ったということだ」

「犯罪組織化したということですね」

「ああ。暴対法のせいでシノギもできねえ、事務所も持てねえじゃ生きていけねえ。だから、地下に潜って稼ぐしかねえんだ。暴対法のせいでますます世の中悪くなってるってのに、警察のお偉方や政治家はそれに気づいていねえんだ」

永神も鬱憤が溜まっているのだろう。

阿岐本は永神の愚痴をあっさりと無視した。

「金持ちの中国人が多いからな。その金を利用できるとなれば、金に困っているやつは手を出すだろうな」

「中国人が日本の宗教法人を買うなんて、大問題だ」

「何人だろうが、マネーロンダリングや税金逃れのために神社や寺を買うなんてのは問題だよ」

「しかしな……。相手が悪いぜ。アニキは本気で高森に楯突こうってのかい？」

「俺は駒吉神社や西量寺を守りたいだけだ。文句あるか」

「文句つけてるわけじゃねえ。俺は心配してるんだよ」

「自分に飛び火するのが怖《こえ》えんだろう」

「そうじゃなくてさ……」

「話のとっかかりはおめえなんだ。いざとなったら、おめえにも腹をくくってもらうぞ」

「俺はビジネスマンなんだけどな……」

「敵がどれくらい兵隊を集められるか、調べておけ」

「え……」

さすがの永神も顔色を失う。「マジでそういう話なのか？」

日村も驚いていた。阿岐本のことだから、話し合いで片を付ける心づもりだと思っていた。

相手の勢力を知るということは、ガチで喧嘩をやるつもりなのかもしれない。

阿岐本が言った。

「覚悟ってのはそういうことだ」

「でも……」

永神が言う。「誠司が言ったとおり、高森んとこはもう実体がないんだから、兵隊なんて集められないいんじゃないのか？」

「地下に潜っていろいろやってんだろう？　組員はいなくても、半グレなんかとつながっているんじゃねえのか？　中国系の半グレだったらやっかいだから、きっちり調べておけ」

「わかった」

「実はちょっと気になることがあってな……」

「気になること？」

「ああ。昨日、多嘉原会長のお宅にうかがって、話をさせていただいたんだが……」

「えっ。本当に会いに行ったのか？　それもご自宅に……」

「いちいち驚くなよ。高森の話になって、会長がご存じかどうかうかがったんだ」

「それで……？」

「会長は高森の名前をご存じなかった」

「そうなんだ……」

「妙だと思わねえか？　西の直参で若頭補佐だ。その名前を、多嘉原会長ほどの方がご存じないというのは……」

「そういうこともあるだろう。会長だって日本中の極道の名前を覚えているわけじゃねえさ」

「そうかね……」

「アニキだって、高森のことは知らなかったんだろう？」

「多嘉原会長と俺とじゃ格が違うよ」

「いやあ、アニキだって俺から見れば充分に大物だよ」

オヤジに「大物だ」と言えるオジキも大物だと、日村は思った。

「ちょっとひっかかるんだ。そこんとこも含めて、もうちょっと高森のことを調べてみてくれ」

「わかった」

永神が帰ると、日村が阿岐本に尋ねた。

「こっちも兵隊をそろえますか？」

「そんなもん、どうやってそろえるんだ？」

「健一たちは今でも後輩を集められると思います」

「ばか言ってんじゃねえよ。健一の後輩ってことは堅気だろう」

「素っ堅気とは言えないやつもいると思います」

「極道の喧嘩に、そんな連中を巻き込んでどうするつもりだ。そんな喧嘩じゃ勝っても負けても稼業の笑い者だ」

「すいません」

「いいから、そういうことは俺に任せておけ」

心配なことは山ほどあるが、とにかく阿岐本の言うとおりにしようと思った。

「わかりました」


奥の部屋を出て、いつものソファに座った。若い衆が四人とも顔をそろえている。彼らを見たとたんに、日村は急に恐ろしくなった。

オヤジは本当に出入りをやるつもりなのだろうか。そうなれば、目の前の若い衆は無事では済まない。

実体はないということだが、西の二次団体となれば、拳銃くらいは用意できるだろう。自分だけのことなら腹もくくれるが、若い衆がどうなるかわからないと思うと恐怖に襲われた。

悪い想像に陥り、一人で怯えていると、インターホンのチャイムが鳴りびっくりした。

「あ、香苗です」

インターホンのモニターを見て真吉が言った。

日村は「帰ってもらえ」と言おうとしたが、真吉がそれよりも早くドアを解錠してしまった。

「こんにちはー」

元気のいい声が響く。

「こら」

日村は言った。「ここに来ちゃいけないと、何度言ったらわかるんだ」

「どうして?」

「高校生にもなって、そんなことがわからないのか」

「高校生になったから、わからなくなったんだよ」

「どういうことだ?」

「あ、それに今日も保護者付きだからね」

「え……?」

香苗に続いて、彼女の祖父が事務所に入ってきた。

「あ、マスター……」

日村は言葉を呑み込んだ。

「どうも。いつも香苗がお世話になっております。また、親分さんに飲んでいただこうと思って、コーヒーをお持ちしました」

「いや、コーヒーはありがたいのですが……」

するると、香苗が言った。

「日村さんはいつも、ここに来ちゃいけないって言うのよ」

マスターが言う。

「そりゃあ、高校生が一人で来たりしちゃいけない。皆さんのご迷惑になる。じゃあ、コーヒーのポットだけ置いて、おいとましようじゃないか」

日村は慌てた。マスターを追い返したと知ったら、阿岐本は機嫌を損ねるに違いない。

「あ、どうぞ。こちらへいらしてください」

マスターを応接セットに誘う。

「失礼しまーす」

マスターより先に、香苗が応接セットに歩み寄った。そして、ソファに腰を下ろす。マスターは、ゆっくりと香苗の後に続き、テーブルにポットを置いた。

日村は香苗に尋ねた。

「さっきのは、どういう意味だ？」

「さっきの？」

「高校生になったからわからなくなったって……」

「子供の頃は、阿岐本組の人が怖くて悪い人だって思ってた。お父さんの言うことを、そのまま信じてたからね」

「お父さんがおっしゃってることが正しいんだ」

「そんなことはないと思う。じいちゃんは親分さんと仲よくしているし……」

日村はマスターに言った。

「教育上よろしくありませんね」

それにこたえたのは香苗だった。

「じいちゃんがこうして私をここに連れてきてくれることこそが教育だと思うよ。本当のことって、この目で見なけりゃわからないでしょう?」

「法律がある」

日村は言った。「条例もある。俺たちみたいなのと付き合ってはいけないと、国が言っているんだ」

「だったら法律が間違ってる」

日村は何と言っていいのかわからなくなった。永神が言う愚痴とは訳が違う。

香苗が続けて言う。

「そりゃあ、日村さんが言うとおり、たいていのヤクザは悪い人だと思う。人を怖がらせるのってよくないことだよね。切った張ったはダメだと思う。でもね、皆が悪い人なわけじゃない。なのに、法律で全部ダメっていうのはおかしい」

「例外を認めると、取り締まるのが面倒なんだよ」

「そんなの警察の都合じゃない」

「香苗」

マスターが言った。「日村さんたちだって同じことをおっしゃりたいんだ。でも、じっと我慢しておいでなんだよ」

「我慢することなんてないのに」

日村は言った。

「我慢することが、自分らの仕事みたいなものですから……」

そのとき、奥の部屋のドアが開いて、阿岐本が姿を見せた。

「おお。坂本のマスターじゃないか」

「またコーヒーをお持ちしました」

「そいつはありがたい。みんなの分もあるかい?」

「はい。たっぷりと」

「じゃあ、さっそくいただこう」

真吉と稔がカップを用意して、マスターがポットからコーヒーを注《つ》いだ。いい香りが漂う。

みんなでコーヒーを楽しんでいると、日村の携帯電話が振動した。

「駒吉神社の大木神主からです。失礼します」

阿岐本にそう断り、日村は電話に出た。「どうしました?」

「原磯が誰か連れてくるって言ってるんだ」

「誰か……?」

「宗教法人ブローカーの話をしてましたよね？　たぶんその人を連れてくるんだと思いますが……」

「少々お待ちください」

日村が阿岐本に電話の内容を告げようとすると、マスターが香苗に言った。

「さて、そろそろおいとましましょう。阿岐本さん、失礼しますよ」

彼はポットを持ち、香苗を連れて事務所を出ていった。さすがに気がきく。

日村は阿岐本に言った。

「原磯が誰かを神社に連れてくると言っているようです。たぶん、高森じゃないかと……」

「俺たちが顔を出すわけにもいかん。先方の連絡先を聞いておくように、大木さんに言ってくれ」

日村はその言葉を伝えた。

「あの……」

大木神主が言った。「何かあったら助けてくれますか？」

日村はこたえた。

「もちろんです」

21

翌日の朝、若い衆が事務所の掃除をしていた。日村はいつものソファだった。

阿岐本は自宅から降りてきたが、そのまま奥の部屋に閉じこもっていた。一人で考え事をしているのかもしれない。

あるいは、誰かと連絡を取っているのか。

阿岐本が顔を出さないので、事務所の中には緊張感が漂っていた。若い衆もこれが何かの前兆ではないかと感じ取っているのだ。

喧嘩の準備をしているのか……。

日村はそんなことを思っていた。若い衆にはまだ何も伝えていない。日村の口から言えることではない。

喧嘩をするというのは命を差し出せということだ。若い衆にそれが言えるのは、親分の阿岐本だけだ。

稔と真吉が朝食の準備をしている。彼らも口数が少ない。阿岐本は、すでに朝食を済ませているのか、やはり奥の部屋から出てこようとはしない。

日村は若い衆といっしょに朝食をとった。午前中は何事もなく時間が過ぎていった。電話も滅多に鳴らない。

日村はソファに腰かけ、週刊誌を眺めていたが、やはり落ち着かなかった。いっそのこと「喧嘩の準備だ」と命じられたほうが気が楽だ。

事務所の中の緊張感は、時間を追うにつれて高まっていく気がする。

昼を過ぎても阿岐本は部屋から出てこない。

日村は昼食をどうするか訊きにいくことにした。

ドアをノックすると、「何だ？」という声が聞こえてきた。いつもなら「入《へえ》んな」なのだが……。

「昼食はどうされますか？」

「ああ、今日はいい」

やはりドアは開かない。

「お加減でも悪いんじゃないですか？」

「だいじょうぶだ」

それきり返事はない。

仕方なく日村は「わかりました」とこたえてソファに戻った。

健一が気がかりな様子で日村に言った。

「オヤジは、どうされたんですか？」

「おそらく考え事をなさっているんだ。邪魔しないようにしよう」

「考え事……？　目黒の伊勢元町のことですか？」

「たぶんそうだろう」

「何をお考えなんでしょう」

「知らん」

それきり、健一は何も訊いてこない。日村がぴりぴりしているのが伝わったのだ。

午後になっても、阿岐本は奥の部屋から出てこなかった。普段なら、日に何度かは顔を出す。

やはり、普通ではないのだ。

午後四時になろうとする頃、永神が訪ねてきた。

「お疲れさんです」

日村は言った。「オジキ、オヤジに用ですか?」

永神がこたえた。

「アニキに呼ばれたんだ。奥かい?」

「朝からずっと部屋に籠もったきりなんです。昼飯も召し上がってません」

「そうか……」

日村は奥の部屋のドアをノックして告げた。

「永神のオジキがいらしてます」

「そうか。もう一人、お客がおいでの予定だから、そこで待つように言ってくれ」

やはりドアの向こうからの返事だ。

客とはいったい誰のことだろう。とにかく言われたとおりにするしかない。

「わかりました」

日村はそうこたえ、永神に来客用のソファをすすめた。

それから五分ほどして、またインターホンのチャイムが鳴った。応対した稔が目を丸くして告げた。

「多嘉原会長です」

日村も驚いた。

「すぐにお通ししろ」

「はい」

日村は永神に尋ねた。

「多嘉原会長がいらっしゃることはご存じでしたか？」

永神はかぶりを振ってから立ち上がった。

「いや、聞いてない」

若い衆も全員起立だ。テツも立ち上がっている。

多嘉原会長が事務所に入ってきて言った。

「お邪魔しますよ。阿岐本さんにお目にかかりたいんですが……」

相変わらず腰が低い。

日村はまた奥の部屋のドアをノックした。

「多嘉原会長がお見えです」

ようやくドアが開いた。

阿岐本が言った。

「こちらにお通ししろ。永神も呼べ」

「承知しました」

「誠司、おまえもだぞ」

「はい」

奥の部屋の応接セットで、阿岐本と多嘉原会長が向かい合って座った。永神が阿岐本の右隣に座る。

日村は立ったままだったが、阿岐本に「座れ」と言われて、阿岐本の左側に腰を下ろした。

これはいよいよ喧嘩の準備だな。

この顔ぶれで考えられることはそれしかない。阿岐本は、兵隊としてテキヤを動員することを考えたのではないだろうか。日村はそう思った。

「こちらから出向こうと思っていたのですが……」

阿岐本が多嘉原会長に言った。「結局、ご足労いただくことになり、恐縮です」

「いえ……。こちらへうかがいたいと申したのは、私ですから……」

「いろいろとご報告がございまして……」

「はい」

「伊勢元町の不動産屋が宗教法人ブローカーと手を組んでいるらしいという話はしました

ね？」

「うかがっております」

「その不動産屋は原磯といいます。付き合う相手を間違えるととんでもないことになると、釘を刺したんですが、どうもまだわかってねえようでして……」

「宗教法人ブローカーは、西の直参というお話でしたね」

「はい。高森浩太という名です」

「花丈組二代目でしたね」

「そうです。その後、高森について何か思い出されましたか？」

多嘉原会長はかぶりを振った。

「いや、記憶にございませんね。申し訳ねえですが、なんせこの年なんで、昔のことはだんだん曖昧になってきてまして……」

「そうですか。いや、お気になさらないでください。そういうのはお互いさまですから……」

「その男が、花丈組二代目というのは間違いないんでしょうか」

多嘉原会長に訊かれて、阿岐本は永神を見た。

「この弟分が調べたことなんですが……」

永神は慌てた様子で言った。

「間違いないと思います」

阿岐本が言う。

「こいつは粗忽者《そこつもの》ですが、情報は確かなはずです。高森と中国人のことも耳にしたらしいです」

多嘉原会長が聞き返す。

「中国人……?」

永神がこたえた。

「どうやら、高森は中国資本を当てにしている節があります。今、中国の富裕層が日本の土地を買いあさってますから……。宗教法人をほしがっているという話もあります」

多嘉原会長が永神を見据えた。

「中国人が日本の宗教法人を……」

その眼を見ただけで、永神が縮み上がった。日村もぞっとした。

永神がこたえた。

「はい。高森はその仲介を頼まれているのかもしれません」

「その高森ってやつは、金に困っているんですかね……」

「さあ、それはどうでしょう」

しどろもどろの永神に、阿岐本が助け船を出した。

「今どきのヤクザは、みんな金に困っているんじゃねえですか。聞くところによると、高森は組事務所も持てずに、組の実体がほとんどねえらしいです」

「なるほどねえ……」

「……で、その原磯なんですが、駒吉神社の大木さんのところに誰かを連れていったらしい」

「高森でしょうか」

「そうでしょう」

多嘉原会長は一つ溜め息をついた。

「大木さんは悪い人じゃねえが、押しに弱いんですよ。私らを祭から追い出したのも、警察や区の役人に言われて逆らえなかったんです」

「神社が中国人に買われてしまうかもしれませんね」

「阿岐本さんはそれを阻止しようとなさってておられるわけだ」

「はい」

阿岐本は言った。「実は、これから大木さんや原磯に会いにいこうと思っているのですが……」

「そこには、高森も来るんでしょうね」

「そういうことになると思います」

するど、多嘉原会長の表情に変化があった。

それまでは厳しい表情をしていたのだが、すとんと力が抜けたように見えた。表情が柔和になった。すっと気配がなくなったように感じられる。

見た目は穏やかになったのだが、なぜか凄みを増したようだ。

そうか。多嘉原会長は覚悟を決められたのだ。日村はそう気づいた。

本当に命のやり取りをする覚悟を決めると、人はこうなるものらしい。若い頃さんざん修羅場をくぐってきた日村も初めて見た。

多嘉原会長が言った。

「私もお供してよろしいでしょうか」

永神も多嘉原会長の覚悟を感じ取ったのだろう。はっと阿岐本の顔を見た。

阿岐本はおもむろにうなずいた。

「お断りするわけにも参りますまい。他ならぬ駒吉神社の話ですから」

俺も腹をくくらねば……。日村はそう思っていた。

だが、兵隊の話はいつするのだろう。まだ、戦いの陣容については何も話し合っていない。

日村がそんなことを考えていると、阿岐本が言った。

「おい、誠司」

日村は慌てて返事をした。

「あ、はい」

「大木さんはどうしてなさるかな？」

「こちらからの連絡をお待ちだと思います」

「なら、電話しな。大木さんがお出になったら代わってくれ」

「はい。では失礼して、ここで掛けさせていただきます」

日村は立ち上がり、応接セットを離れると、大木に電話をした。

「あ、日村さんか……」

「その後、どうです？」

「原磯が連れてきた男は、やっぱり宗教法人ブローカーでした」

「何という人でした？」

「高森です」

「連絡先は聞いていただけましたね？」

「ええ。名刺を置いていきました」

「少々お待ちください」

日村は今の話を伝え、阿岐本に電話を渡した。

「お電話代わりました。阿岐本です」

それからしばらく大木とのやり取りがあった。「……では、また原磯さんとお話をさせていただきましょう。場所は、そうですね。『梢』でどうですか。……ええ、我々はこれから綾瀬を出ます。……はい。午後七時ですね。承知しました」

阿岐本は電話を切り、日村に返した。

「大木さんたちが行きつけの『梢』というスナックがあります」

阿岐本が多嘉原会長に言った。「そこで七時に待ち合わせをしました」

「では、参りましょう」

「会長、お車やお供の方は？」

「電車で来ました。私はいつも一人です」

「では、うちの車にお乗りください」

「恐縮です」

日村は「失礼します」と断り、部屋を出ると稔に『梢』へ行くと告げた。

奥の部屋に戻ると、永神の声が聞こえた。

「アニキ、俺も行こうか……」

阿岐本がこたえた。

「おまえはいい。何かあったら連絡するから」

「じゃあ、俺は自分の車で待機しているから……」

「ああ、そうしてくれ」

阿岐本が多嘉原会長に言った。「では、参りましょうか」


稔の運転がいつもより慎重だ。助手席の日村はそう感じた。無理もない、今日は後部座席に阿岐本だけではなく、多嘉原会長がいる。

「あの……」

その稔が言った。日村が尋ねる。

「どうした?」

「尾行されているようなんですが……」

「尾行……」

日村はルームミラーを見て、さらにサイドミラーを覗き込んだ。

「あのシルバーグレーのセダンか？」

「はい」

「いかにも警察車両という感じだな……」

それを聞いた阿岐本が言った。

「仙川係長や甘糟さんが、ちゃんと仕事をなさっているってことだろう」

仙川係長や甘糟が阿岐本の車を尾行しているということだ。

多嘉原会長の声が聞こえた。

「その仙川係長とか甘糟というのは……？」

「地元の警察のマル暴です」

「そんな連中を待ち合わせ場所に引き連れていっていいもんでしょうか」

阿岐本がこたえた。

「役者が多いほうが、芝居は賑やかでいいでしょう」

ややあって多嘉原会長がこたえた。

「おっしゃるとおりかもしれません」

その声が笑いを含んでいるように、日村には感じられた。

車は約束の時間よりかなり早く到着した。午後六時四十分を過ぎたところだ。

「大木さんたちはまだかもしれませんが、先に一杯やってましょうか」

阿岐本が言うと、多嘉原会長がこたえた。

「いいですね。景気づけといきますか」

それを聞いて、これはいよいよ喧嘩だと日村は思った。

出入りのときには、景気づけだといって酒をあおる。実を言うと、酒の勢いでも借りなければとてもカチコミなどできるものではないのだ。

「あら、いらっしゃい」

カウンターの中からママのエリさんが声をかけてきた。「阿岐本さんだったわね」

「今日は、俺の先輩もいっしょだ」

「多嘉原と申します」

丁寧に頭を下げる。

「日村さんもいっしょなのね。今日は真吉君は？」

日村はこたえた。

「留守番です」

「あら、残念」

真吉の魔法は健在だ。

まだ時間が早いのか、店の中には日村たち以外に客はいない。

多嘉原会長とともにカウンターのスツールに座ると、阿岐本がエリに言った。

「大木さんたちと待ち合わせをしているんですが……」

「あ、そうなの」

「今日はしばらく貸し切りにしたほうがいいと思います。他のお客さんに迷惑をかけたくねえんで……」

エリはあれこれ質問せずに「わかった」と言った。カウンターの中にいたマスターのエノさんが、何も言わず出入り口に向かった。「貸し切り」の札でも出しに行くのだろう。

そのとき、出入り口のドアが開いた。仙川係長と甘糟だった。

エリが言った。

「すみません。これから貸し切りになるんです」

阿岐本が言った。

「ああ、この二人は連れです」

仙川係長が阿岐本に近づいてきて言った。

「ここで何をするつもりなんだ？」

阿岐本がこたえた。

「話をつけます」

「話をつける……？」

「今からしばらくは、私らの時間ですので、何も言わずに見守ってやってください」

「おい、それはどういうことだ」

阿岐本が仙川係長を見据えて言った。

「お願いします」

とたんに仙川係長はすくみ上がった。蛇に睨まれた蛙《かえる》というやつだ。阿岐本が言った。

「あちらの席にいらしたらどうでしょう」

近くのボックス席を指さす。仙川係長は何も言えず、甘糟とともに移動してその席に腰を下ろした。

阿岐本と多嘉原会長は生ビールを注文してジョッキをカチンと触れ合わせたが、ほとんど飲まずにカウンターに置いた。

日村はカウンターの脇に立ったままだった。

午後七時十分頃、大木と原磯がやってきた。大木がエリに言う。

「貸し切りって、何？」

「阿岐本さんが、そうしたほうがいいって……」

大木がカウンターの阿岐本と多嘉原会長を見て、頭を下げた。

「あ、多嘉原会長……。ご無沙汰しております」

何だか落ち着かない仕草だ。原磯は何も言わない。日村は原磯を見て、様子がおかしいと思った。

阿岐本も二人の様子に気づいたようだ。

「何かありましたか？」

それにこたえたのは原磯だった。

「高森さんの態度が急変しまして……」

「態度が急変……？」

そこにまた来客があった。谷津だった。エリが阿岐本に尋ねた。

「この人も連れ？」

「ええ。中目黒署の谷津さんです」

店内を睥睨《へいげい》した谷津が、仙川係長と甘糟に気づいて言った。

「あ、北綾瀬署の二人だな。こんなところで何してやがる」

阿岐本が大木と原磯に言った。

「奥の席に行きましょうか」

22

谷津と仙川係長が何か言い合っているのを尻目に、阿岐本は大木たちを連れて移動した。一番奥の席は広く、六人が座れる。

阿岐本と多嘉原会長が並んで座り、その向かい側に大木と原磯が座った。日村は席の脇に立ったままだ。

原磯は顔色を失っている。阿岐本が改めて尋ねた。

「高森の態度が急変というのは、どういうことですか？」

原磯が言った。

「いや……。途中まで話はうまく進んでいたんですがね……」

その言葉を、大木が引き継いだ。

「宗教法人の売買の話でした。億単位の取引が可能だという話で、正直言うと少し心が動きましたがね……。以前も言ったように、神社を売る気はありません」

「そりゃそうだ」

多嘉原会長が言った。「神社を売るなんて、とんでもねえこってす。あの世にいる先代や先々代に顔向けができねえでしょう」

「あの……。先代はまだ生きていますが……」

「とにかく罰当たりな話だということです」

「……で、私が売買の話をお断りしたら、高森さんが急に恐ろしい顔になって……。自分の言うとおりにしないと、どうなるかわからないなどと言い出したんです」

阿岐本が言った。

「馬脚を現したってやつですね」

原磯が言う。

「私まで脅かされる始末です。何とかしないと、店に火を付けて従業員を皆殺しにすると……」

「本当にやりかねませんね」

「そんな……」

「だから言ったのです。縁を切ったほうがいいと」

「巨大な資本がバックにあると言われたんです」

そのとき、谷津の声がした。

「聞き捨てならねえな」

彼は、隣のボックス席から聞き耳を立てていたようだ。「脅されたって？　そいつは害悪の告知だ。指定団体の構成員なら、暴対法でしょっ引けるぜ」

すると、それを牽制するように仙川係長が言った。

「いいから、しばらく様子を見るんだよ。うまくすれば現行犯で挙げられる」

「おまえら、人の縄張りで何言ってんだ？　綾瀬に帰れよ」

「協力するって言ってんだよ」

「ふん。手柄を横取りするつもりじゃねえだろうな」

阿岐本は彼らのやり取りを無視して、大木に尋ねた。

「それで、その高森は……？」

「今夜、ここに来ることになっています」

「じゃあ、来るのを待ちましょう」

ただ待っていていいのだろうか。日村は不安だった。高森は組員を大勢連れてやってくるかもしれない。

「あの……」

原磯がすっかり情けない顔になって言った。「縁を切るって、どうすれば縁を切れるんですか？」

「さあてね……」

阿岐本が言う。「それをこれから考えましょう。真剣にね」

「考える……？」

「素人さんが、どうしてヤクザにかなわないかわかりますか？」

「怖いからでしょう？」

「本気だからですよ。例えば取引の話をするとします。素人さんは、話半分に聞いたり、曖昧な返事でその場をしのごうとします。ですが、ヤクザは常に本気です。その場で真剣に考えているんです。だからかなわない」

「はあ……」

「ですから、今から本気で考えるんです」


午後八時になろうとする頃、ドアが開いて、一人の男が店に入ってきた。その人物を見た原磯の顔が真っ青になった。額に汗が浮かびはじめる。

阿岐本が原磯に尋ねた。

「高森ですか?」

原磯ががくがくとうなずく。

その男は、ゆっくりと店の奥に進んできた。そして、阿岐本たちがいる六人掛けのボックス席の手前で立ち止まった。

日村のすぐ近くだった。

たった一人でやってきたのが意外だった。もしかして、組員たちは店の外で待機しているのだろうか……。

彼は仁王立ちのまま、しばらく原磯と大木を見つめていた。威嚇していると、日村は思った。

「あれ……」

そのとき、多嘉原会長が言った。「小僧じゃねえか……」

阿岐本が聞き返す。

「小僧……？」

「そうですよ。阿岐本さん。あなたもご存じのはずだ。田家村《たけむら》さんが連れて歩いて、小僧、小僧と呼んでいた……」

「ああ、そういや……」

何のことだろう。日村は、高森と阿岐本たちを交互に見た。

高森は、まだ凄んでいたが、突然ぽかんと口を開けた。

「あれえ……。もしかして、多嘉原会長ですか？」

「おうよ」

多嘉原会長が言った。「なんだ、花丈組の二代目ってのはおめえさんだったのかい。高森って言われてぴんとこなかったんだが……」

高森はすっかり驚いている様子だ。

「え……？　どうして会長がここに……」

「俺だけじゃねえぜ。阿岐本さんだ。有名な親分さんだから、おめえもお名前くれえは知ってんだろう」

「あっ。あの阿岐本さんですか。もちろん、存じております。オヤジと兄弟盃を交わしておられるとか……」

阿岐本が言った。

「ああ。田家村さんとは、そんなこともあったねえ」

え……。どういうことだ……。日村は混乱した。田家村というのは、花丈組初代組長の田家村要《かなめ》のことだろう。

その田家村と阿岐本が兄弟盃を……。

多嘉原会長が言った。

「あの小僧が、今じゃ二代目かい。たいしたもんだねえ」

「いえ、そんな……。え……？　何で……？」

高森の凄みも貫禄も消し飛んでいた。訳がわからず、ただおろおろしている。

多嘉原会長の言葉が続いた。

「西の直参だって？」

「あ、いえ、そうじゃなく……」

「違うのかい」

「直参ってのはオヤジのことでしょう。自分は違います」

つまり初代組長の田家村は間違いなく直参だったが、二代目の高森はそうではないということだ。

「永神のやつめ……」

阿岐本がつぶやいた。「早とちりしやがったな……」

大木と原磯も、話の展開について行けず、目をぱちくりさせている。隣のボックス席の谷津や甘糟たちも凍り付いたように動きを止めていた。こちらの席のやり取りに耳をすましているに違いない。

「改めて挨拶させてもらうよ。阿岐本だ。よろしくな」

高森はぺこぺこと頭を下げた。

「あ、恐縮です」

「こちらの大木さんとは、ちょっと付き合いがあってね」

多嘉原会長がその言葉を補う。

「昔から大木さんとこの神社の縁日で、俺たちテキヤが世話んなっててね。まあ、このご時世だからそれもままならなくなってきて……。阿岐本さんにそんな話を聞いてもらっていたわけだ」

「はあ……」

「……で、その大木さんに、何か取引の話を持ちかけているらしいね？」

高森は、大木と原磯を見てからこたえた。

「いや、まあ、それは……」

「神社を誰かに売ろうって話らしいじゃねえか」

多嘉原会長の問いに、高森はたじたじだ。

「あ、はい……」

「でも、大木さんは、売る気はねえとおっしゃっている。シノギに口出ししたかねえが、無理強《じ》いはいけねえな」

高森は言葉もなくうなだれている。

阿岐本が言った。

「しかも、神社を売る相手は中国人だそうじゃねえか」

高森がぱっと顔を上げて、阿岐本と多嘉原会長の顔を交互に見た。

「仕方がなかったんです」

阿岐本が聞き返す。

「仕方がなかった？　そりゃどういうことだ？」

高森が再びうなだれて言った。

「金、借りちまいまして……」

「金を借りた？」

「はい」

「中国人にか？」

「はい」

高森はまだうつむいたままだ。

「資産家なんだね？」

阿岐本の問いに、高森は顔を上げた。

「ただの金持ちじゃねえんで……」

「なるほど、マフィアかい？」

「おっしゃるとおりです」

阿岐本と多嘉原会長が顔を見合わせた。

多嘉原会長が高森に言った。

「突っ立ってねえで、まあ、座んなよ」

「はい。失礼します」

高森は原磯の隣に腰を下ろした。原磯が怯えた様子で肩をすくめた。

阿岐本が日村に言った。

「おめえも座れ」

「はい」

日村が阿岐本の隣に座ると、阿岐本が高森に言った。

「こいつは、うちの代貸で日村ってんだ」

「高森です」

凄んでいた先ほどとは打って変わって低姿勢だ。

「あの……」

日村は高森に尋ねた。「お一人ですか？」

高森はきょとんとした顔でこたえる。

「そうですが……。今日はなんとか大木さんを説得しようと思っていましたので……」

阿岐本が高森への質問を再開した。

「中国マフィアに金を借りたって？　なんでまた、そんなことに……」

「自分は、お上に組事務所も取り上げられちまいまして……」

「ああ、その件は知っている。それで地下に潜ったと聞いたが……」

「一言で地下に潜るなんて言いますが、そいつは簡単なことじゃねえんで……。つまり、それまで頼りにしていた看板も何もねえってことです。だから、たいていは手っ取り早い薬物の販売ってことになりますが、それも後発の自分らにはきつい……。シノギはうまくいかねえし、組を解散したわけじゃねえんで、上納金は取られるしで、にっちもさっちもいかなくなって……」

「それで、中国マフィアか……」

「渡りに船だったんです。最初は不動産の仲介なんかをやっていたんですが……」

「中国人に土地の斡旋をしていたんだな？」

「はい」

「宅建の資格とか持ってるのか？」

「いえ、モグリです」

日村はちらりと、警察官たちがいる席を見た。谷津たちはこうした違法行為の疑いに興味があるはずだ。

不動産屋の原磯が言った。

「実は、その流れで高森さんと知りあったんです」

「それで……」

阿岐本が高森に尋ねた。「何がどう仕方なかったんだ？」

「相手はとんでもないやつらです。中国マフィアってどんだけえげつねえんだと思いました。平気で人を殺すし、拷問なんかもえぐいんです。そして、金にうるさい。金を借りちまった自分は、やつらの言いなりになるしかねえ」

「マフィアというからには、組織を持ってるんだろうな」

「大きな組織は持っていません。信頼できる仲間数人で手広くビジネスをやってるんです」

「そのビジネスの内容を知りてえな」

「でかいのは不動産ですが、金のためなら何でもやります。強盗とか、詐欺とか……」

「詐欺……？」

「ええ。ぶっちゃけ、神社を買う話も詐欺じゃねえかと……。宗教法人を一億で買うと言ってますが、実際にはそんなに出さないでしょう。せいぜい一千万円がいいところです」

すると、多嘉原会長が言った。

「詐欺だと知ってて、大木さんに話を持ちかけたのかい？」

「あ、すいません。自分じゃもうどうしようもねえんで……」

大木が言った。

「一千万じゃ割に合わないなあ……」

高森が頭を下げる。

「すいません……」

阿岐本が尋ねた。

「その中国マフィアは、日本の宗教法人を買ってどうするつもりなんだ？」

「マネーロンダリングに使うつもりでしょう。そして……」

「そして？」

「いずれ怪しげな宗教でも立ち上げようってんじゃねえでしょうか」

「おめえさん。その片棒を担ぐつもりだったのかい？」

高森がぶるぶるとかぶりを振った。

「決してそんなつもりじゃ……。やつらと仕事をするのは不本意でしたよ。でも、どうしても逆らえなく……」

阿岐本が隣のボックス席のほうに声をかけた。

「お聞きになりましたか？　いよいよ旦那がたの出番じゃねえですか？」

まず谷津が立ち上がり、こちらの席に近づいてきた。それに、仙川係長と甘糟が続いた。

ボックス席の脇に立つと、谷津が言った。

「一般市民に害悪の告知をしたというだけで、暴対法に抵触するから、あんたを引っ張れる」

高森が目を丸くした。

「あ、警察《ヒネ》か……。なんで警察まで……」

谷津の言葉が続いた。

「それに、詐欺に関与してるってんだから、言い逃れはできねえぞ」

高森が唖然とした表情のまま固まっている。すると、阿岐本が谷津に言った。

「まあ、お待ちなさい。黒幕がわかったんだ。そっちを何とかすべきでしょう」

谷津が舌打ちした。

「チャイニーズマフィアって話か？　話がでかすぎて、俺には対処できねえよ」

「上に伝えればいいでしょう」

「俺はマル暴だからな。中国人は管轄外だな」

「悪事を見過ごしにするとおっしゃるんですか？」

「だから、この高森を挙げるって言ってるだろう」

「そういう筋の話じゃねえでしょう」

その時、仙川係長が言った。

「その件、手を出さないの？　じゃあ、俺が本部の暴対課とか国際犯罪対策課に話を上げるけど、いいね？」

谷津が慌てた様子で振り返り、仙川係長を見た。

「何だと……」

「いや、だからさ。使わないネタなら俺たちがもらおうと思って」

「ばか言うなよ。俺の縄張りで入手した情報だぞ」

「だって、手が出せないって……」

「本部には俺が上げる。おい、おまえ……」

谷津は高森に言った。「そのチャイニーズマフィアについて、詳しく聞かせろ」

「いいですよ。そいつが捕まりゃ、御の字だ。その代わり……」

「何だ？」

「俺を捕まえるのはなしですよ」

阿岐本と多嘉原会長が谷津の出方を待っている。谷津はその視線にたじろいだ様子で言った。

「ふん。チンケなやつを暴対法なんかで引っ張ってもしょうがない」

谷津は、その場を離れようとした。

仙川係長が尋ねた。

「どこに行くんだ？」

「帰るんだよ。おまえら、関係者の連絡先を聞いておけ。じゃあな」

仙川係長が言った。

「じゃあ、我々も引きあげるか」

甘糟が日村に尋ねた。

「ここにいる人たちの連絡先、知ってるよね？」

「高森組長の連絡先は存じませんが……」

「あ、これは失礼……」

高森が名刺を出して日村に渡した。

仙川係長が甘糟に言った。

「ぐずぐずするなよ。行くよ」

甘糟が日村に言った。

「後日、みんなの連絡先を聞きに行くから……」

二人は『梢』を出ていった。

「さて……」

多嘉原会長が言った。「あとは、酒でも飲みながら話をしますか」

アルバイトのアヤがボトルのセットを運んできた。

23

酒宴が始まり、日村は席を離れようとした。すると、多嘉原会長が言った。

「代貸もいっしょにどうぞ。今回の件では、ご苦労されたのでしょう」

「いえ、自分は何も……」

阿岐本が言った。

「いいから、おめえも飲め。たまには老いぼれの酒に付き合うんだよ」

「はい」

アヤが作ってくれた水割りを受け取る。

大木と原磯は、ヤクザに囲まれて居心地が悪そうだ。高森も大物二人を前にすっかり小さくなっていた。

「しかし……」

多嘉原会長が高森に言う。「あんたのところも、たいへんだね。事務所もないって？」

「はい。面目ないことで……」

「いっそ、ヤクザなんぞやめちまえばいい」

「そのほうが楽かもしれないと考えたこともありますが、オヤジの恩もありますし……」

「田家村さんはお元気なんだね？」

「はい。代替わりして隠居しましたが、元気でやってます」

「そうか。それじゃあ看板を下ろすわけにはいかねえよなあ」

「そうなんです」

「まあ、このご時世じゃ、いずこもいっしょだ。テキヤなんぞ、もう出る幕がねえ」

「あ……」

大木が背筋を伸ばした。「申し訳ありません。長年お世話になっていながら……」

多嘉原会長が両掌を大木に向けて言った。

「いや、別に神主さんを責めているわけじゃねえんですよ。今はそういう時代なんだと、諦めておりますから……」

「高森さん……」

阿岐本が呼びかけると、高森は恐縮して言った。

「親分。どうぞ、小僧と呼んでください」

「あんただって親分だ。小僧よばわりはできねえよ」

「じゃあ、浩太と呼び捨てにしてください」

「身内じゃねえんで、それもできねえな。『花丈の』でどうだい」

「恐縮です」

「なあ、花丈の。谷津さんの件、急いだほうがいいな」

「ヤツ……?」

「中目黒署のマル暴刑事だ」

「あ、明日にでも署にうかがって話をさせていただきます。中国マフィアを捕まえるためなら、全面協力します」

それから、阿岐本は日村に言った。

「甘糟さんが、関係者の連絡先を訊きにこられるはずだ。おめえがまとめておけよ」

「はい。すぐにお教えできます」

阿岐本は高森に視線を戻した。

「中国マフィアに追い詰められていたとはいえ、大木さんや原磯さんに脅しをかけたのはまずいなあ」

「申し訳ありません。自分ら、そういうやり方しか知りませんので……」

阿岐本が原磯に言った。

「俺たちの本性が少しはおわかりになったでしょう。縁を切ることです」

原磯はがくがくとうなずくと言った。

「はい。阿岐本親分のおっしゃるとおりにします。いや、勉強になりました。やはり、付き合うなら大物じゃないと……」

「そういうことじゃねえんで……」

原磯はすっかり懲りている様子だ。暴力団排除条例もあることだし、原磯とのことはもう心配はないだろうと、日村は思った。

多嘉原会長が言った。

「神主さん」

「はい」

「商売《バイ》はできねえが、お祭りに遊びに行っていいですか？」

「そりゃあもう……。祭りには誰でも参加できますので」

多嘉原会長が阿岐本に言った。

「どうです、阿岐本さんも？」

「そいつはいいですね。祭りは心が躍ります」


だらだらと飲む者はいなかった。いつまでも貸し切りにしていると店に迷惑だということもあり、午後九時頃にはお開きになった。

阿岐本から財布を預かり、日村が勘定を済ませようとすると、高森が払わせてくれと言った。

「オヤジからうちが払うように言われています」

「じゃあ、せめて折半で……」

結局、半分に割って払った。

ママのエリさんが言った。

「おたくの親分なら歓迎だから、いつでも来てちょうだい」

それにアヤが付け加える。

「真吉さんもね」

「恐縮です」

日村は頭を下げた。


車で多嘉原会長を自宅まで送ることになった。多嘉原会長は「電車で帰る」と言ったが、一人で帰すわけにはいかない。

来たときと同様に、助手席に日村、後部座席に多嘉原会長と阿岐本がいる。

多嘉原会長の声が聞こえてくる。

「これで、駒吉神社は一件落着ですね」

それに阿岐本がこたえる。

「はい。会長のおかげです」

「私は何もしていませんよ」

「会長が高森のことを思い出してくださったから、大事にならずに済みました」

「西の直参と聞けば、腹をくくりますわなあ……」

「舎弟の早とちりでした。まことにあいすまんこって……」

「その永神さんは、どこかで待機しているとおっしゃってませんでしたっけ？」

「おっと……」

阿岐本が言った。「すっかり忘れていた。誠司、電話してやんな」

「はい」

「てめえのせいで、いらん心配をしちまったと言ってやれ」

日村は電話した。

「誠司か。どうなった？」

「話はつきました。一件落着です」

「喧嘩じゃなかったのか？」

「実は、高森は多嘉原会長やオヤジの古い知り合いでした。初代花丈組組長が会長やオヤジと懇意だったようで……」

「何だって……」

「西の直参は高森ではなく、先代の花丈組組長のことらしいです」

「あ、そうなの……」

「これはオヤジの言葉なんですが、てめえのせいで、いらん心配をした、と……」

「うわあ……。怖いので、俺はこのまま引きあげるからな」

「お疲れさまでした」

電話が切れた。

再び、多嘉原会長の声が聞こえてくる。

「昔からわからねえんですが……」

「はい」と阿岐本の声。

「老兵は死なず、ただ消えゆくのみって言葉があるでしょう」

「マッカーサーが言ったという」

「あれは別にマッカーサーの言葉じゃなくて、古くからイギリスやアメリカの軍隊にある言葉らしいですな」

「そうなんですね」

「こいつの意味が、俺にはわからねえんです」

しばしの間がある。

やがて、阿岐本が言った。

「老兵になっちまいましたが、私にもわかりませんね」

「わからないでしょう」

「そいつは、ゆっくり考えましょう」

「そうだな……。ねえ、阿岐本さん」

「何でしょう」

「駒吉神社の祭り、楽しみですね。私はね、根っから祭りや縁日が好きでしてね」

「はい。楽しみです」


金町の自宅で多嘉原会長を降ろすと、稔が運転する車は事務所に向かった。

日村は阿岐本に言った。

「一つうかがってよろしいですか？」

「何だい？」

「高森のこと、会う前からお気づきだったんじゃないですか？」

「あいつが先代に小僧って呼ばれていたことかい？　いや、あの頃の小僧と高森は俺の中では一致していなかった。まさか、高森が小僧だったとは思ってもいなかったよ。多嘉原会長に言われて初めて気づいた」

「でも、花丈組先代と、兄弟分の盃を交わしておられたのですよね？」

「田家村が組長になる前のことだ。けろっと忘れてたよ」

「じゃあ、本当に喧嘩するおつもりだったんですか？」

「多嘉原会長が何とかしてくれるんじゃないかって思ってた」

「マジですか……」

「だがなあ。いざとなりゃあ、この命投げ出すつもりだったよ」

日村は言葉を呑んだ。

阿岐本の言葉が続いた。

「老兵だって、それくらいの使い道はある。でないと、ほんとうに消え去っちまわあ」

事務所に着いた。午後十時を回っている。阿岐本はすぐに上の階の自宅に向かった。健一たちが心配そうな顔で日村を見た。経緯を知りたがっているのだ。

日村は言った。

「神社の件は片づいた。高森は多嘉原会長やオヤジの昔からの知り合いだった」

若い衆が安堵するのがわかった。

「さすがに疲れたんで、俺は帰るぞ」

日村は事務所を出ようとした。

若い衆が声をそろえて「ご苦労さんでした」と言った。


四日後の十月十九日日曜日のことだ。ちなみにこの日は大安だ。

午前十一時頃、西量寺の田代住職から日村あてに連絡があった。折を見て訪ねてきてくれないかという。

それを伝えると、阿岐本が言った。

「大切な用事が残っていたな。もともとは寺の鐘への苦情をどうするかって話だった」

「はい。そちらはまだ解決していません」

「午後にでも出かけてみよう。二時頃でどうだ」

それを田代住職に伝えた。

田代住職が言った。

「二時ですね。じゃあ、お待ちしています」

稔が運転する車が西量寺に着いたのは、午後二時十分前だった。車の中からしばらく山門のあたりの様子をうかがう。

日村は言った。

「日曜だから、追放運動の人たちがいるんじゃないかと思ったんですが……」

阿岐本が言った。

「姿が見えないねえ。お、時間だ。行ってみよう」

田代住職が本堂の前で待っていた。

「ご足労いただき、申し訳ありません」

阿岐本が尋ねた。

「追放運動の人たちがいらっしゃいませんね」

「ああ、それがですね。今朝町内会の役員会があったらしいんですが、その席で原磯が役員たちに話をしたようです」

「話をした……」

「ええ。それで、寺の前で人が集まって声を上げたりするのは雰囲気もあまりよろしくないということで、取りあえず追放運動とか反対運動とかはやめようということになったようです」

「そうですか。原磯さんが……」

「あんなやつに、さんを付けることはありませんよ」

「先日の夜、お話ししましてね」

「話……」

「どうもタチのよくないやつと付き合っていたようで……。それも、解決しました」

「ああ、それであいつ、人が変わったように……」

「勉強になったとおっしゃってました」

「口だけじゃないかねえ。ま、あいつのことはいいや。さ、本堂にお上がりください」

「お邪魔します」

田代住職に続いて、阿岐本と日村が本堂に上がると、そこに区役所の斉木がいた。

そうだった。鐘の音については、住民の苦情を受けて区役所が寺に注意をしているということだった。これから、斉木を説得しなければならないのだろうか。日村の気分は重くなった。

斉木が言った。

「あ、阿岐本さん。その節はお世話になりました」

「空き家の件ですね」

阿岐本が応じる。「片づきましたか?」

「おかげさまで。河合さんに話をしたら、あの土地が先祖のものだったとはご存じなかったようで……」

「近所に住んでなさるのに……?」

「戦争ですよ」

「戦争……」

「河合さんの曽祖父から土地を相続したおじいさんが戦争で亡くなったんです。南方で戦死されたということです。そして、戦後のドサクサです。権利証とかも紛失してしまったようで……」

「戦後は日本中でそういうことがあったようですね」

「河合さんのお父さんの代になると、そんなことも忘れられてしまい、今に至っているのだと……」

「たしか、河合さんはアパート経営をなさっているんでしたね」

「それでですね、空き家のことを相談したら、登記をし直してそこにもアパートを建てると……。解体費用を負担してくれることになりました。もちろん都や区からの補助金も利用して……」

「丸く収まったわけですね」

「ええ。それというのも、このお寺に過去帳が残っていたからです。いやあ、寺というのが地域にとっていかに大切かわかりました」

するると、田代住職が言った。

「今まで、そんなこともわからなかったのか」

「いや、再確認したということです」

「ふん。役人はうまいこと言うよな」

阿岐本が斉木に言った。

「区役所は、お寺の鐘を騒音だと問題視されているようですね」

「ああ……。住民からの苦情がありましてね……」

「住職は、今年の除夜の鐘をどうしようか迷っておいでだということですが……」

ついに核心に斬り込んだな……。日村は思った。ここから面倒な交渉が始まるのだろう……。

すると、田代住職が言った。

「それについてお話ししようと、お電話したのです」

阿岐本がそれに応じる。

「ほう……。うかがいましょう」

「今、斉木さんが、寺の価値を再確認したなんて言いましたがね……。実際はひどいもんですよ」

「はあ……」

「檀家は年々少なくなり、台所事情は火の車です。そして、家の近くに墓があるのは気味が悪いと文句を言われる。墓は昔からあったんです。後から引っ越してきた人がそういう文句を言う。墓は気味悪いものなんかじゃない。ご先祖と交わる和やかな場所なんです」

「お察しします」

田代住職の言葉はさらに続く。

「墓といえば、最近じゃ持ち主が知らない間に消えちまう。ご先祖をほっぽり出してどこかに行っちまうんです。管理費やお布施が入ってこなくなっても、坊主はそんな無縁墓の世話をしなけりゃならないんです」

「お気持ちはわかりますが……」

長年の不満が溜まって、ついにぶち切れたのだろうか。日村は、阿岐本が田代住職をどうなだめるのか、はらはらしながら見守っていた。

「終いには、鐘がうるさいときた。もう寺はさんざんな目にあってるんですよ」

「おっしゃるとおりです」

「けどね、それが何だって言うんです」

「いや、お気持ちはよく……。え……？　今何と……？」

「それがどうした、と。こちとら、私利私欲で坊主をやってるわけじゃないんです。世のため人のため、ご先祖のためを思って日々供養をさせていただいている」

阿岐本、日村、そして斉木は、ぽかんと田代住職の顔を見つめていた。

「先祖供養ってのはね、今の自分がこの世に存在していることを感謝するってことなんです。時空を超えてご先祖に感謝するってことです。時代を超え、地域を超え、国を超え、あまねく感謝の気持ちを広げる。悉有仏性《しつうぶっしょう》です。あらゆる時とあらゆる場所に御仏の心がある。寺の鐘はね、それを高らかに宣言するために鳴らすんです。だから……」

そこで田代住職は言葉を切り、一呼吸ついた。

「だから、私は鐘を撞くことをやめません。誰が何と言おうと供養の鐘を鳴らしつづけます」

阿岐本が尋ねた。

「じゃあ、今年の除夜の鐘は……」

「もちろん、撞かせていただきます」

「いやあ、そのお覚悟、感服いたしました」

阿岐本が言った。「しかし……」

彼は斉木を見た。「騒音だと苦情を言っている住民は治まらないでしょうね」

斉木が言った。

「私が何とかしましょう」

日村はその一言に驚いた。阿岐本も驚いた様子だった。

「え……。あなたが……？」

「お寺がいかに地域にとって大切かはよくわかりましたし、今の住職のお言葉に、私も感銘を受けました」

「具体的にはどういうふうに対処なさるんでしょう」

「住民と対話します。それが基本ですね。場合によっては住職に、今のようなお話をしていただくのもいいと思います」

「ふん。寺に来れば、ちゃんと講話をするものを……」

「鐘への苦情は、放置すれば昔からの住人と新たに住みはじめた人たちとの対立にも発展しかねません。それを調整するのは、区役所がやるべきことだと思います」

「気づくのが遅いって言ってるんだよ」

そう言い放つ田代住職に、阿岐本が言った。

「まあまあ……。斉木さんが問題を解決してくださるとおっしゃっているんだから……」

田代住職は、ふんと鼻で息をしてから言った。

「そういうわけで、除夜の鐘の件は結論が出ました」

阿岐本が言う。

「では、私の出る幕はもうありませんね」

何だかんだで、鐘の件も一件落着だと、日村は思った。

田代住職が阿岐本に言った。

「すべて親分さんのおかげです。排除運動とかいろいろありましたが、気になさらずにまたいつでもいらしてください」

阿岐本が無言で深々と礼をしたので、日村もあわてて頭を下げた。

24

西量寺を訪ねた日から数日経ったが、日村はずっと狐につままれたような気分でいた。気がついたらいつの間にか、駒吉神社の件も、西量寺の件も片づいていた。

阿岐本が特に何かをしたというわけではない。関係者から話を聞いただけのような気がする。

それで、宗教法人ブローカーのことも、寺の鐘のことも解決してしまった。

いつものことだが、まるで魔法を使ったかのようだと、日村は思った。

こっちは出入りまで覚悟したっていうのに……。

平穏な日々が戻ったと思っていたら、突然高森が事務所を訪ねてきた。

日村は驚いて尋ねた。

「どうしました？」

「あ、いろいろご迷惑をおかけしたので、詫びを入れようと思いまして……」

奥の部屋にその旨を告げると、阿岐本は即座に言った。

「お通ししろ」

高森を案内し、来客用のソファをすすめた。高森は、阿岐本が座るまで腰を下ろさない。

日村はドアの近くに立っていた。阿岐本は「座れ」とは言わなかった。

健一が絶妙なタイミングで茶を運んでくる。高森は恐縮しており、茶に手を付けない。

「これは、つまらないものですが、どうぞお納めください」

高森はそう言って、何かの包みを差し出す。日村が受け取った。

「わざわざお越しくださった上に、お心遣い、痛み入ります」

「この度はとんだご迷惑をおかけして、何と申してよいやら……。申し訳ございません」

「花丈の。どうぞお手をお上げください。まあ、事情はわかりますんで、なかったことにしようじゃねえですか」

「すみません」

「それで、谷津さんとは話をしたんですか？」

「はい。木曜日に中目黒署を訪ねまして……。いやあ、危うく逮捕されそうになりました」

「ああ、あの人はつい目先のことにとらわれちまうようですね。明日の百より今日の五十というタイプです」

「中国マフィアについて、全面的に協力するということで、逮捕は免れましたが……」

「洗いざらいお話しなさったんですね？」

「はい。知ってる限りのやつらの悪行を話しました」

阿岐本がうなずいた。

「もう一つうかがっておかなきゃならないことがあります」

「はい」

「原磯さんとは、その後会いましたか？」

「いいえ。会っていません。今後も会うことはないでしょう」

「けっこう」

高森は落ち着かない様子で言った。

「では、私はこれで失礼させていただきます」

「ああ、先代はお元気だとおっしゃいましたね」

「はい。おかげさまで。ただ……」

「ただ？」

「隠居してから、ほとんど人と会わなくなりました」

阿岐本は再びうなずいた。

「よろしくお伝えください」

「かしこまりました」

高森は去っていった。

「おい」

阿岐本が言った。「あいつの手土産は何だった？」

「有名店の羊羹ですね」

「おう。そいつはいいな。茶をいれ直してくれって、健一に言ってくれ」

「召し上がるんで？」

「おう。せっかくだからな」

「血糖値、だいじょうぶですか？」

「若い衆にも分けてやんな」

健一を呼んで、茶をいれ直し、羊羹を切り分けるように言った。

しばらくすると、健一が皿に載った羊羹と茶を持ってきた。阿岐本はうまそうに頬張る。

日村も羊羹をかじった。甘党ではないがうまかった。

「花丈組の先代はどんな方なんですか？」

「ああ。気っ風のいい人だったねえ」

「兄弟の盃を交わしてるんですね？」

「お互い、若かったからなあ……」

「隠居されてから、人にお会いになっていないということですが……」

「そうだな」

「これを機に、お目にかかってはいかがです」

すると珍しく阿岐本は淋しそうな顔になった。

「いや、いいんだ。老兵は消えゆくのみ、だ」

日村は無言でうなずくしかなかった。

それからまた何日か経った。十月二十七日月曜日の午後三時半頃、インターホンのチャイムが鳴った。

事務所には、いつものとおり、日村と若い衆がいる。日村はいつものソファだ。

真吉がインターホンで応対する。

「あ、香苗です」

日村は言った。

「何の用か訊いてみろ。用がなければ、帰ってもらえ」

真吉が尋ねた。

「どうした、香苗。何か用事か？」

インターホン越しに香苗の声が聞こえてくる。

「おじいちゃんが、コーヒーを持ってきたのよ」

真吉が振り向いて日村に尋ねた。

「どうします？」

「坂本のマスターがいっしょなのか？」

「そのようですね」

マスターを追い返すわけにはいかない。

「しょうがない。入れてやれ」

「はい」

真吉が解錠すると、まず香苗が入ってきた。

「こんにちは」

若い衆が挨拶を返す。地域の住民には、ちゃんと挨拶をしろと躾けてある。

「はい、こんにちは」

日村も挨拶をした。「学校はどうした？」

香苗は私服姿だ。

「授業はもう終わったよ」

「おまえ、部活とかやってないのか？」

「バスケやってたけど、やめちゃった」

「どうしてだ？」

「私、背が低いし」

「背が低くても、活躍している選手がいるじゃないか」

「ああいうの、特別だよ」

「部活やめて暇だからって、ここに来ちゃだめだ」

「だから、何でよ」

マスターの源次がポットを携えて事務所に入ってきた。

「すみません。孫がいつもお世話になっていて……。お礼と言ってはナンですが、今日もコーヒーをお持ちしました」

「ありがとうございます」

日村は頭を下げた。「少々お待ちください。阿岐本に知らせて参ります」

日村は奥の部屋に行き、マスターの源次がコーヒーを持って来てくれたことを告げた。

「おう、そいつはありがたい」

ドアを開けて出てきた阿岐本が言った。「どれ、ごちそうになろう」

真吉と稔が用意したコーヒーカップや湯飲み茶碗に、源次がコーヒーを注いでいる。芳香が事務所内に満ちる。

源次と阿岐本は応接セットのソファに座る。

「いただきます」

阿岐本がコーヒーをすすると、若い衆も飲みはじめた。

香苗が阿岐本に言った。

「日村さんが、ここに来ちゃだめだって言うんですよ」

「こいつは石頭だからね」

阿岐本が言う。「けど、その件に関しちゃ誠司の言うことは正しいな」

「暴対法や排除条例があるから?」

「私ら、指定団体じゃないが、まあ、今のご時世じゃ、反社と付き合うのは御法度ということになってるからね」

「部活やるより、ここに来るほうがためになると思うんだけど……」

「お嬢……」

阿岐本がしみじみと言う。「ここにいる、健一も、稔も、真吉も、テツも、まともに高校も中学も通っていない。誠司もそうだ。こいつらはね、学校で勉強して部活で汗を流してっていう普通のことをやらなかったことを、心底後悔してるんだ」

「でも、ちゃんと生活してる」

「ちゃんとじゃないんだよ。ここにいる者はね、誰もちゃんとしていねえ。だから、ためになるなんて思わねえほうがいい」

香苗が押し黙った。

するとと源次が言った。

「ちゃんとしている人間なんて、そうそういませんよ。香苗はここに来ることで学ぼうとしているんですよ。何が本当のことなのかをね……」

「いや、源さん。それは……」

そのとき、またインターホンのチャイムが鳴った。また真吉が応対する。

「甘糟さんと仙川係長です」

日村は阿岐本に尋ねた。

「どうします？　マスターや香苗がいるところを見られるとまずいんじゃないですか？」

「そうだな」

すると、源次が言った。

「北綾瀬署の刑事さんですね。私たちはいっこうにかまいません。悪いことをしているわけではないので……」

それを受けて阿岐本が言った。

「お通ししろ。源さんのコーヒーをごちそうしてやんな」

事務所に入ってくるなり、仙川係長が言った。

「ん？　なんだ、あんたらは？」

源次がこたえた。

「近くの喫茶店の者です。コーヒーをお届けに参りました」

「排除条例知らないの？」

「こちら、指定団体ではないとうかがっておりますので……」

阿岐本が仙川係長に言った。

「お二人も、コーヒーいかがですか？　絶品ですよ」

仙川係長は興味をそそられたようだが、甘糟がふるふるとかぶりを振った。

「だめですよ。連中から何か振る舞われたりしたら……」

「そうですか。残念ですな」

阿岐本が言う。「それで、今日はどんなご用件で……？」

仙川係長が言った。

「高森が言っていた中国マフィアを検挙したよ」

「ほう……。ずいぶんとお早い対応ですね。結果が出るのは、もっとずっと先のことかと思ってました」

「その中国マフィアは、本部の国際犯罪対策課や捜査二課がマークしていたやつだったんだ。なかなか尻尾がつかめなかったけど、高森の証言で逮捕状が取れたってわけ」

「なるほど、そういうことでしたか。谷津さんもご機嫌でしょうね」

とたんに仙川係長は不機嫌そうな顔になった。

「あいつのことはいいよ」

甘糟が言った。

「谷津さん、国際犯罪対策課に協力して、株を上げたようです。もしかしたら、近々本部に引っぱられるかもしれませんね」

仙川係長は甘糟を睨んだ。

「余計なことは言わなくていい」

手柄にこだわる仙川係長は、よほど悔しいらしい。

阿岐本が仙川係長に言った。

「中国マフィア相手に腰が引けてた谷津さんに発破かけたのは仙川係長じゃねえですか。間違いなく仙川係長のお手柄ですよ」

「ふん。おだてたって手加減はしないからな。いつかあんたらを検挙してやる」

そう言いながら仙川係長はまんざらでもない表情になっていた。

そのときまたインターホンのチャイムが鳴った。モニターを見た真吉が跳び上がった。

「多嘉原会長です」

若い衆に緊張が走る。

阿岐本が言った。

「お通ししな」

事務所にやってきた多嘉原会長は、相変わらず腰が低かった。奥の部屋に案内しようとすると、彼は言った。

「いや、長居はしませんので、ここでけっこうです」

阿岐本が健一に言った。

「おう、コーヒーはまだあるな？　会長にお出ししな」

「あ、すぐにおいとましますので、どうぞお構いなく……」

ソファをすすめても座ろうとしない。

甘糟が日村にそっと尋ねた。

「誰……？」

神農系の親分であることは、マル暴の甘糟には教えたくなかった。

「オヤジの知り合いです」

「へえ……」

阿岐本が多嘉原会長に言った。

「今日はまた、どうなさいました？」

「いや……。先日はうっかりしたことを言っちまったんで、お詫びにと思いましてね」

「うっかりしたこと……？」

「駒吉神社の祭りに出かけましょうなんて言っちまいましたが、今年の祭りは九月に終わってました。いや、面目ない」

「あ、それをわざわざ知らせにいらしてくださったんですか。そりゃ、かえって恐縮です」

「阿岐本さんの顔も見たかったしねえ……。しかし、いっしょに祭りに行くのを楽しみにしていたんですが、残念です」

阿岐本と多嘉原会長が並んで歩いているところを想像して、日村は背筋が寒くなる思いだった。

「私も残念です」

阿岐本が言った。「そうだ。こういうのはどうです？　西量寺に二年参りに行くってのは」

「二年参り……」

「ええ。住職が撞く除夜の鐘を聞きに行こうじゃねえですか」

「そりゃあいい」

多嘉原会長は心底うれしそうな顔になった。「せっかくだから、日村さんやおたくの若い衆もいっしょに行きましょう」

「そうさせていただきましょう。なあ、誠司」

急に話を振られて、日村は返事に困った。

すると、香苗が言った。

「あ、二年参りって、つまりカウントダウンよね。私も行きたい」

日村は言った。

「そりゃあどうかな……」

「だめだって言われても、こっそりついていくよ」

源次が言った。

「孫が行くなら、私も保護者としてついていかねばなりませんね」

「いや、マスター。それは……」

日村が言うと、それを遮るように阿岐本が言った。

「祝い事やめでたい行事はみんなで出かけたほうがいい」

どうやら阿岐本は本気のようだ。

仙川係長が言った。

「何のことかわからんが、悪事の共謀ならしょっ引くぞ」

「悪だくみじゃありません」

阿岐本が言った。「除夜の鐘ですよ。縁起物です。係長もいっしょにどうです？」

甘糟が慌てた様子で言った。

「あんたらと二年参りなんて行けるわけないだろう。これ以上いると、何を言い出すかわかりません。係長、帰りましょう」

甘糟が仙川係長を引っぱるようにして出入り口に向かった。二人は事務所をあとにした。

阿岐本が多嘉原会長に言った。

「こちらは喫茶店のマスターでして、コーヒーを持ってきてくださったんですが、これが絶品なんです」

「ああ、そういうことなら、ぜひいただきましょう」

健一からコーヒーカップを受け取る。一口飲むと、多嘉原会長はしみじみと言った。

「うまいねえ」

初出 「婦人公論.jp」 二〇二三年十月二十五日～二〇二四年十一月六日

今野敏

1955年、北海道三笠市生まれ。78年「怪物が街にやってくる」で問題小説新人賞を受賞しデビュー。以後旺盛な創作活動を続け、執筆範囲は警察・サスペンス・アクション・伝奇・ＳＦ小説など幅広い。2006年『隠蔽捜査』で吉川英治文学新人賞、08年に『果断 隠蔽捜査２』で山本周五郎賞及び日本推理作家協会賞、17年には「隠蔽捜査」シリーズで吉川英治文庫賞を受賞。空手の源流を追求する、「少林流空手今野塾」を主宰。
今野 敏・公式ＨＰ　http://www.age.ne.jp/x/b-konno/

任侠梵鐘《にんきょうぼんしょう》

2025年１月10日　初版発行

著　者　今《こん》　野《の》　敏《びん》
発行者　安部　順一
発行所　中央公論新社
〒100-8152　東京都千代田区大手町1-7-1
電話　販売 03-5299-1730　編集 03-5299-1740
URL https://www.chuko.co.jp/

ＤＴＰ　ハンズ・ミケ
印　刷　大日本印刷
製　本　小泉製本

Published by CHUOKORON-SHINSHA, INC.
Printed in Japan　ISBN978-4-12-005870-7 C0093
定価はカバーに表示してあります。落丁本・乱丁本はお手数ですが小社販売部宛お送り下さい。送料小社負担にてお取り替えいたします。

第6弾

『任侠楽団』

義理人情に厚いヤクザの親分・阿岐本雄蔵のもとに、今度は公演間近のオーケストラを立て直してほしいという相談が舞い込んだ。ヤクザということがばれないように、コンサルティング会社の社員を装う代貸の日村。慣れないネクタイを締めるだけでもうんざりなのに、楽団員同士のいざこざが頻発する。そんな中、指揮者が襲撃される事件が発生！　警視庁捜査一課からあの名（？）刑事がやってきて……。

（単行本）

第5弾

『任侠シネマ』

「誠司、映画は好きか？」阿岐本組は、組長の器量と人望で生き残ってきた、昔ながらのヤクザ。そんな組長・阿岐本雄蔵のもとに、潰れかけている映画館を救ってほしいという相談が舞い込んできた。厳しい業界事情もさることながら、存続を願う「ファンの会」へ嫌がらせをしている輩の存在が浮上し……。　〈解説〉野崎六助

（中公文庫）

不器用な奴らの痛快世直しストーリー

画・山崎杉夫